幼なじみが絶対に負けないラブコメ

［著］

しぐれうい

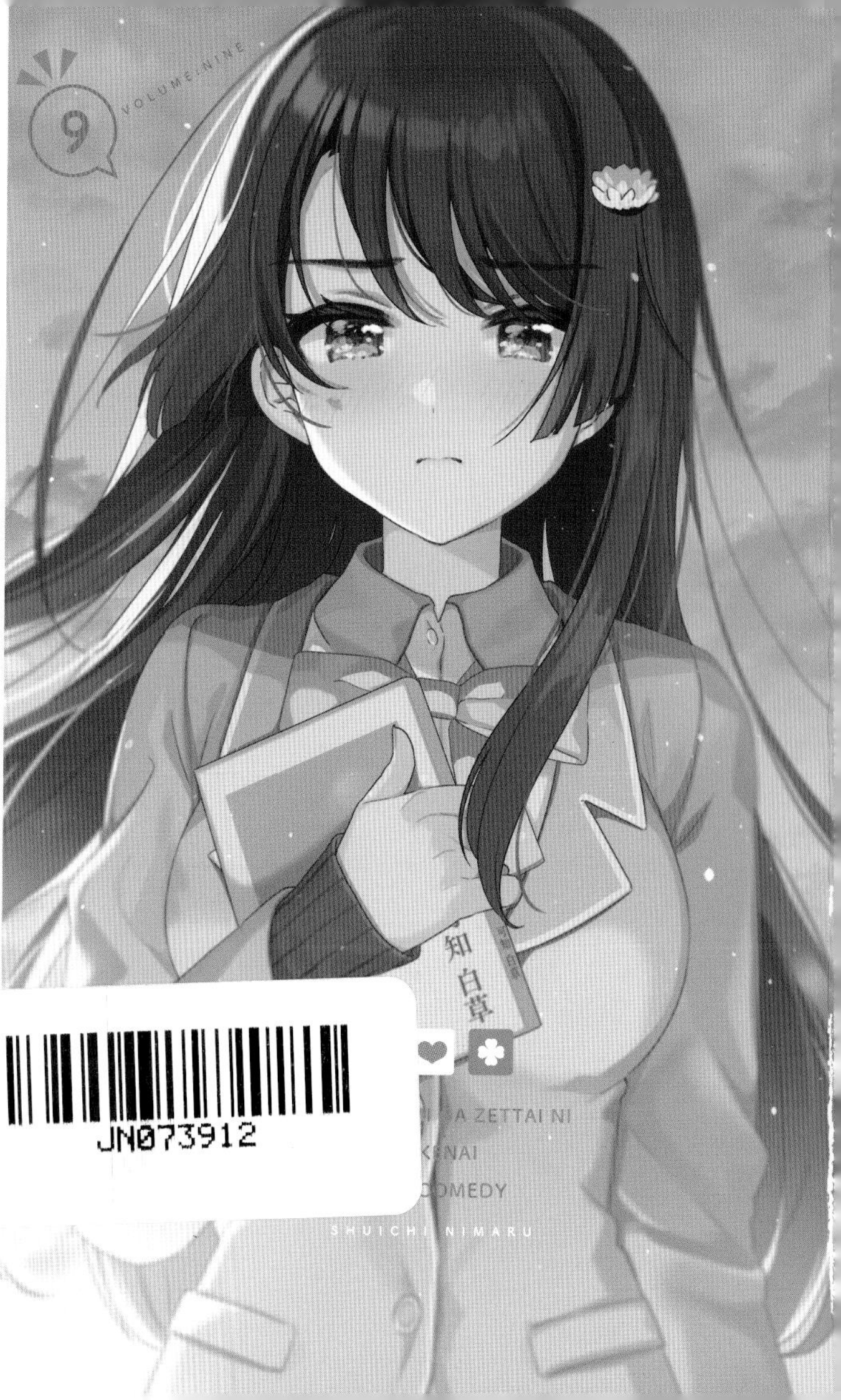

CONTENTS

幼なじみが絶対に負けないラブコメ

OSANANAJIMI GA ZETTAI NI
MAKENAI
LOVE COMEDY

［著］
二丸修一
SHUICHI NIMARU
［絵］
しぐれうい

プロローグ

＊

「シロちゃん、明日から学校なんですから、早めに寝なきゃダメですよ」

そう言って、パジャマ姿のシオンが私の飲んでいたコーヒーカップをトレイに載せる。

携帯を見ると、時刻は二十三時を回ろうとしていた。

「わかってるわ、シオン。もうちょっとでチェックが終わるから」

「原稿の提出、予定よりずいぶん遅くなっちゃいましたね。冬休み、丸さんたちと遊びすぎじゃなかったですか？」

チクリ、とシオンが刺してくる。

シオンの言う通り、冬休みはほとんど毎日のように群青同盟の活動ということで、メンバーで集まって何かしらをしていた。

おせち作り勝負、大掃除大会、元旦にはみんなで神社に行き、正月にはかるたや羽子板などもして――なるほど。思い出してみると、これでは遊びすぎと言われてもしょうがない。

私は痛いところを突かれたと思いつつ、弁解した。

「そうかもしれないけど、しょうがない事情もあったのよ」

遊びたいという理由だけでこれほど頻繁に集まっていたわけではない。一応名目上は、甲斐くんの『冬休み中に動画を撮り溜めておきたい』という方針のせいだ。

しかし本命は――

『――志田黒羽を止めなければヤバい』

という意見で私、桃坂さん、甲斐くんの三人が一致したからだった。

『いやー、志田ちゃんマジヤバいって。末晴のやった公開告白をやり返すとか、どういうメンタルしてんだよ』

『モモも戦慄を覚えました。策として浮かびはしても、いざ実行するのは……』

『これ以上、志田さんを走らせるのはまずいわ。あまり本意ではないけれど、この三人で組みましょう。もう一人一人バラバラで動いて抑えられる状況じゃないと思うわ』

『ま、可知の言う通りだな』

『この状況に至っては、モモも異論はありません』

そういうことでクリスマスパーティー後、三人での同盟が成立していた。

『冬休み、きっと黒羽さんは勝負をかけてくるでしょう。長期休暇、家は隣同士、公開告白をしたばかり――攻勢に出ない理由がありません』

『二人きりにするのは何としても避けたいわね。甲斐くん、何かしらの理由をつけて群青同盟で集まる機会を増やしてくれないかしら？』

『……まあ、いいだろう。オレとしても動画が撮れるのはありがてぇし、今、末晴と志田ちゃんにくっつかれると、予定が狂うからな』

『予定、ねぇ……』

『予定ですか……』

私も桃坂さんも、甲斐くんが別の狙いを持って動いているのは重々承知している。

しかし群青同盟に強い影響力を持つ甲斐くんを引き入れないわけにはいかなかった。

桃坂さんがまとめた。

『ではこの冬休み、なるべくみんなで一緒にいる機会を増やし、各自黒羽さんを警戒していきましょう。今の黒羽さんなら、みんながいる場面でもこっそりイチャコラしようとしてくるかもしれません』

『わかった。早急に企画案を作って共有する。お前らもいい企画を思いついたら連絡くれ』

『できれば黒羽さんのお母さんと知り合える企画が欲しいですね』

『桃坂さん、どうして？』

『黒羽さんの最大のアドバンテージは、末晴お兄ちゃんの隣に住んでいるということです。例えば電話をしていて気持ちが盛り上がってしまった場合、一分後には顔を合わせられる――これはまさに脅威です。黒羽さんの身近で一番歯止めになるのはお母さんでしょう。たまに情報提供するだけでも、牽制にはなると思います』

『なるほど、納得したわ。私、碧ちゃんと仲がいいから、あの子にもさりげなく見張ってもらうわね』

『助かります』

――という会話があったのだ。

かつてヨーロッパは『対仏大同盟』を結成してナポレオンに対抗した。もはやどの国も一国でナポレオンを抑えきれず、同盟を結ぶ必要があったのだ。

こうして私、桃坂さん、甲斐くんの三人で同盟――通称『対志田大同盟』を結成するに至っていた。このため、小説を執筆する時間があまりとれず、明日から三学期が始まるにもかかわらず、まだ新作の原稿を提出できずにいたのだった。

「でも考えてみると、いろんなところに出かけていましたが、丸さんの家には行ってませんでしたね。志田さんの家でさえ行っていたのに。何か理由があるんですか？」

「ああ、それは――」

言いかけて、私はあることに気がついた。

「シオン、あなた……どうしてそれを知っているの？」

「え？」

「シオンは群青(ぐんじょう)同盟の集まりに出てないじゃない。なのにどうして？」

「……さて、コーヒーカップを片付けなくては」

壊れかけのブリキのおもちゃのような動きでシオンは部屋から出ようとする。

私は素早く先回りして、ドアの前に立ちふさがった。

「どういうことか、説明してくれる……？」

「あの、これは……その、浅い理由がありまして……」

「浅い理由ならすぐに話せるわよね？」

「……はい」

問い詰めると、案の定、こっそり私に付いてきていて、離れて様子をうかがっていたとのことだった。

「あのね、シオン。休みをどのように使おうと、私は文句を言うつもりはないわ。でも私を陰から見てるくらいなら、いっそ仲間になればいいじゃない。私が群青(ぐんじょう)同盟のメンバーに推薦してあげるわよ」

「……シロちゃんのお心遣い、ありがとうございます。でも興味がないので、推薦はいらないです」

「そう……」

シオンはこういうところが難しい。

付いてくる。でも群青同盟には興味がない。

私が学校でいつも一人でいたころは、それでよかった。そもそも陰から見る必要はなく、一緒に遊びに行けばよかったのだから。

でも私は去年の夏以降、群青同盟に参加したことで飛躍的に活動的になった。そうなると付いてくるシオンも大変だ。

それでもシオンが一緒に参加し、楽しいと思ってくれるのなら私も嬉しい。

しかしシオンは交友関係を増やそうとせず、ただ私だけを見ている。

私に友情を感じ、心配してくれるのは嬉しいけれども、健全な状態とは到底思えなかった。

「それよりシロちゃん、みんなで丸さんの家に行かなかった理由はなんですか？」

「スーちゃんの家にはお父様がいらしたからよ」

「それを言うなら、志田さんの家にもいたでしょうし、うちに遊びに来たときも総さんがいたじゃないですか」

「あー、スーちゃん、お父様との仲が微妙らしくて……。これだけ冬休みにいろいろ撮影したのも、スーちゃんが家にいたくなかったって事情もあったのよね……」

「あ、ふーん、丸(まる)さん、父親との仲が悪いんですか……」

「シオン？」

いつもの言い方じゃない。シオンは怒っても湿っぽくはならないのだが、今のは凄(すご)く粘っこいものが混じっていた。

「あ、いえ、別に……何でもないです」

シオンはドアの前に立つ私をどけ、部屋を出て行った。

（あっ……）

もしかして、シオンは自分の父親のことを思いだしたのだろうか。

シオンは母親に問題があり、シングルファーザーの家庭で育った。同じ境遇の保護者という縁でパパとシオンのお父さんは仲良くなったのだが、不幸にもシオンのお父さんは病気で亡(な)くなった。身寄りがなく、当時私の唯一の友達であったシオンをパパは捨て置くことができず、うちで面倒を見ることにしたのだ。

そのせいだろうか。シオンは『父親』という存在を特別視している雰囲気がある。

（だからこそ父親と仲が良くないスーちゃんに対して、思うところがあった……？）

私はシオンの家族について、なるべく触れないことにしていた。辛(つら)い記憶だろうし、シオンから話してくることもないから。

（とりあえず様子を見るしかないか……）

私は指を組んで両腕を天井に向けてまっすぐに上げ、伸びをした。

「ふ〜っ……」

つい吐息が漏れる。

冬休みに今までにないほど活動的だったせいで、頭も身体も疲れていた。

でも——満足いく作品が書けた。

私はノートパソコンに映し出されている、新作小説を見た。

新作の主人公の女の子と、その子が憧れる男の子は、私とスーちゃんがモデルになっている。

もちろん読者にはわからないくらい設定は変えているけれど、そのことをスーちゃんに伝えれば、どれほど私がスーちゃんのことを想っているかがわかるようなストーリーだ。

そう、私は——

——スーちゃんに告白しようと決めていた。

志田さんがあれほど大勢の前で告白した。ならば私もしなくてはならない。

スーちゃんに告白してもらってハッピーエンド——なんて考えでいては、手遅れになってしまう可能性が高い、とさすがに気がついた。

今の関係性で待っていてはダメだ。攻めなければ勝利にはたどり着けない。

雰囲気を見る限り、スーちゃんと志田さんは以前よりは近づいているが、まだカップル成立にまでは至っていないようだ。

ならば今なら間に合う。後悔をしたくない。

告白して欲しい……と思っていたけれど、もう手段は選んでいられない。

負けるよりいい。最後に勝てば勝ちなのだ。

目標は――バレンタインデー。

今日、書いている原稿を提出すれば、その後編集者のチェックや改稿を経て、バレンタインデーごろには決定稿になっているだろう。

それを渡しながら告げるのだ。

『スーちゃん……好きです。ずっと好きでした。どれだけ好きだったかは、この小説を読めばわかります。読んでください』


そう、この小説は壮大なラブレターだ。

志田さんや桃坂さんにだって真似はできない。小説家である私だからこそできる、ロマンテイックでありながら、過去の約束、その後の成長——すべての思い出を脳裏によぎらせる最高の告白だ。

「素晴らしい……我ながら素晴らしい発想だわ……」

そうだ。データで渡すのは読みにくいだろうから、簡易な本にして渡そう。やっぱり読書するとき紙の触り心地って大事だし。あ、それなら自費出版に近い形でこっそり一冊だけ作ってしまおうか。いや、作るなら二冊だ。世界でたった二冊しかない本をスーちゃんと分かち合う……これはもはやペアルックと同じでは？

「……シロちゃん、もう寝なきゃダメですよ？」

カップを片付け終えて、前を通りかかったのだろうか。

シオンがドアの隙間から顔を出し、声をかけてきた。

「ごめんなさい。ちょっといいアイデアが浮かんじゃって」

「いいアイデア……？」

そういえば『小説を告白に活用する』という案を、誰にも話したことがなかった。

なので反応を見るべく、私は小説のネタと嘘をつき、先ほどのアイデアを話した。

「………………」

シオンはいつも寝ぼけ目だが、さらにまぶたが落ちた気がする。

何も言わないのが不気味だが、放置もできず突っ込んで聞いてみた。

「ど、どう思う?」

シオンは言うべきか迷っていたようだったが、この部屋に入るときに脱いだモコモコのカーディガンを胸に抱きしめ身体(からだ)を震わせた。

「――重っ!」

…………ん?

えっ……あれ……? あれれれ?

「シロちゃん、そのアイデアはさすがに重すぎます! 激重すぎて、面倒くさい女の子と思われてしまいます!」

私は頭にガーンと衝撃を受けた。

「め、面倒くさい……」

「あとやり方が古風すぎるというか! 大正ロマンレベルです! まず紙の時点で重すぎです! 現代でやるとなると、電子データで十分じゃないかって疑問を持つ人もいるのではないかと!」

「うっ……」

重くて……古い……。

一言一言が胸に突き刺さる。

ふらつく私に、シオンは遠慮なく言葉を浴びせた。

「しかも小説って三百ページはあるじゃないですか。ラブレターって言ったって長すぎですよ！　例えばカップルになった後なら、小説家の女の子が相手を想って書く……これはギリギリですがありだと思います。重いですけど」

「お、重いってまた言った⁉」

「でもまだ付き合ってもいないのに、ラブレターでその量……実際にそんなことされたら、これは『恐怖』です！　シロちゃんがいきなり手作りの本を渡されて、『これ、あなたのこと想って書きました！』って言われたらどう思います？」

天井を見つめて、想像してみた。

「……………………………怖い！」

シオンの言った通りだった。

「あれ、私、なんでロマンティックって思ってたの……？　これ、普通にホラーなんじゃ……？」

「音楽に置き換えたほうがわかりやすいかもしれないですね。いきなり『君のために作った曲を歌うよ！』とか言われるのって怖いと思うんですけど、シロちゃんの案は『いきなりオリジナルソングが詰まったフルアルバムを渡してきた』くらいのヤバさです」

「いやぁぁぁ！」

私は頭を抱えた。

ダメだ、怖すぎる。込められた熱量が高すぎるだけにホラーだ。

「シロちゃんはいいアイデアが浮かんだと思うと、そのことに興奮して客観性を失うことがあるので……。まあ落ち着いてネタを見直せばいいんじゃないですか？」

「そ、そうね……」

「あ、もうこんな時間ですね。シロちゃん、すぐに寝てくださいね！」

シオンはモコモコのカーディガンをしっかりと身に着け、去っていった。

（ろ、ロマンティックだと思っていたのに……）

私はがっくりと肩を落とした。

小説一冊、まるっと書いてしまった……。もちろん実はラブレターだってことを言わなければいいだけだし……。作品としてもいい出来だと自負しているから、出版できるだけでも十分と言えるけれども……。

けど……けど……。

「ううう……！」

私はスーちゃん人形を胸に抱え、あごを載せた。

我ながらなんて不器用なのだろうか。へっぽこすぎて涙が出そうになる。

「いや、でも負けられない……」

へこたれている時間なんてない。もう志田さんは公開告白までしているのだ。

新たな方法を考えればいい。幸いバレンタインデーまで一か月ある。

(ちゃんと、自分の気持ちが伝えられる告白を……)

私が小説という手段を取ろうと思い立ったのは、いざ告白するとき、緊張して気持ちをちゃんと伝えられる自信がなかったからだ。

あまりにもスーちゃんへの気持ちが降り積もりすぎている。口で伝えてうまくいく気がしない。

もし納得いかない告白になってしまったらどうなるだろう。

想像するだけで恐怖だ。フラれるのも恐怖だけど、気持ちをきちんと伝えられないのも恐怖。

ちゃんとした告白ができなければ、私は一生後悔する——そう思ったから、小説をラブレターにするという案が浮かんだのだ。

でもそれはやめだ。別の方法を考えよう。

決行日は、バレンタインデー。

(何とか、それまでには……)

私はスーちゃん人形を強く抱きしめた。

愛しい気持ちと焦りで、胸が張り裂けそうだった。

第一章　風が吹いている

＊

三学期の始まりとともに、私立穂積野(ほづみの)高校は殺伐とした空気に包まれていた――

「お、おい、クロ……。ちょ、ここ学校だぞ……？」

「えー、別にいいじゃん。あたし、『公開告白』しちゃったわけだし。気持ちを隠す必要はないわけで」

「そ、そうかもしれないけどな、さすがに……」

俺は今、高校の校門を抜けたところだ。

隣に黒羽(くろは)。クリっとした小動物のような瞳は可愛(かわい)らしく、横を通り過ぎるサラリーマンが驚いて振り返るレベルだ。小柄なのにしっかりと女性らしいプロポーションは、コートに包まれていてもはっきりわかるほどで、冬の凍(い)てつくような風でさえその魅力を減じることができずにいる。

ただ、黒羽(くろは)の恐ろしさはそれだけじゃない。

俺が焦っているのは、黒羽がそうした魅力を存分に振りまきつつ、ある行動をしているせいだった。

そう、今、黒羽は、俺の腕に手を絡めている――

登校中にもかかわらず、だ。

これが周囲の生徒の目にさらされ、注目を浴びまくっているだけでなく、男子たちの嫉妬を搔き立てているのだ。

「ぺっ！　丸のやつ、調子に乗りやがって……」

「志田さん、目を覚ましてくれ……。いずれきっと俺の愛で、あのアホの呪縛から解き放ってみせるから……」

俺と黒羽は幼なじみ同士で、昔から仲が良かったが、さすがにここまで露骨なことをしたことはなかった。

相手が真理愛なら衆人環視の中、俺の腕に手を回してきてもおかしくない。

でも黒羽と真理愛は、キャラが違う。

真理愛のキャラは後輩で、しかも元々俺が兄貴分として面倒を見ていたという前提条件もある。いくら積極的に腕に手を回してきても、みんなの心に『年下がじゃれているだけ』という

思考の逃げ道……いや、受け皿があった。

　しかし相手が黒羽ならまるで違う。

　見た目こそロリだが、性格や俺との関係性はむしろ姉寄り。

　だからこそ俺も周囲も違和感が凄い。男子からの殺意が渦巻いているのは、違和感のせいで悪目立ちしてしまっているからだろう。

　唯一の救いは、いつもより登校時間が三十分早く、まだ生徒が少ないことか。

「クロ、どうして今日、俺んちに来たんだ？」

「ん？」

「今まではテストとかじゃないと迎えに来なかっただろ？　それにあんなに早いなんて」

　黒羽は今日、とんでもなく早い時間にやってきて、俺を起こして朝食を作ろうとした。

　まあ、朝食作りに関してはおぼろげな意識ながら危機を察知した俺が間一髪で止め、何とか惨劇を回避したのだが、一言で表現すると——らしくない。

「え、ハル、わかんないの？」

「ああ」

「はぁ。しょうがないなぁ。説明してあげる」

　黒羽は立ち止まり、おバカな弟の面倒を見る姉のように語り始めた。

「あたし、ハルに『公開告白』したの」

「あ……うん」

堂々と顔を見てそう言われると、遠回しに『好きだ』と言われているようで照れくさい……。

「もうみんな、あたしの気持ちを知ってるの」

「……まあ」

クリスマスイブに開かれた生徒会主催のクリスマスパーティで、黒羽は俺に公開告白をした。当然とんでもなく話題性があるため、クリスマスパーティに出てなかったとしても、この学校で黒羽の『公開告白』について知らないやつはいないレベルに広まっているだろう。哲彦の配慮で『ドッキリ』として表面上取り繕ったが、直接友達から聞かれれば黒羽自身、別に否定していない。ということは、あれはマジの告白だとみんな知っていると見て間違いないだろう。

「で、ハルは告白の返事をしなくていいって、あたしは公言してる」

「うん……」

「そして今日は三学期初日。ドタバタだった二学期の末から時間が経って、あたしの告白が十分広まっていると言っていいと思うの。つまり——」

黒羽はずいっと俺に顔を寄せ、真顔で言った。

「——押すしかないでしょ」

「——なるほど」

問答無用で納得させられてしまった。

「こうしてハルの腕に手を回して登校するって、憧れだったんだ〜。今まではほら、プライドとか恥ずかしさもあって、あたしの気持ち、バレバレだったかもしれないけど公言まではしてなかったし。家族にバレちゃうのも恥ずかしかったし」

「クロ、家族にはなんて言ってるんだ……？」

「別に何も。ただまあ、バレちゃってるんじゃないかな？　あの公開告白は動画でアップされてないにしても、噂ってどっからか流れてきちゃうし」

「そ、そっか……」

黒羽の母親の銀子さん、碧、蒼依、朱音——志田家の面々にからかわれると、家族同様の付き合いをしている俺としてはかなり恥ずかしい。

まあ覚悟だけしておいて、いざ何か言われたら適当にごまかすしかないってことか……。

「じゃあ今朝、俺の家に行くこと、銀子さんになんて言ってきたんだ？」

いつもと違う行動をして、真っ先に気がつくのは銀子さんだろう。さすがにまったくの説明なしってわけにはいかないはずだ。

「ああ、それは今日だけ使える言い訳があって」

「ということは、別に毎日来るわけじゃ……」

そうつぶやくと、黒羽はにまぁ～っと笑った。

「なに、ハル～？　あたしに毎日起こしに来て欲しいの～？」

「べ、別にそういうわけじゃ……」

「なによ～、もっと正直になりなさいよ～。うりうり～」

俺の腕に手を回しながら肘で小突いてくる。

「クロ、恥ずかしいし痛い」

「言っとくけど、あたしも恥ずかしいんだからね？　ハルも一緒に恥ずかしい気持ちになってくれないと平等じゃないでしょ？　だからハルも、もっと恥ずかしがって」

「何それ⁉　とんでもない論理に俺を巻き込むなよ⁉」

「まあまあ、落ち着いて」

「動揺させてる本人が言う言葉じゃないだろ⁉」

俺のツッコミをスルーすることに決めたらしい。

黒羽は俺にぐいっと体重をかけてきた。

「ちなみに毎朝起こしに行くと、たぶんお母さんの警戒レベルが上がっちゃうから、チャンスがあるときだけにするつもり。可知さんやモモさんとも喧嘩になりそうってのもあるし。まあでも、たまにこうやって手を繋いで登校できるのなら嬉しいな……」

「ま、まあ、俺も恥ずかしくはあるけど、嫌じゃないから……でも、もう少し目立たないように……」

「ハルさ、もう諦めなって。男子に絡まれたらあたしが助けてあげるから」

「だからそれ、クロが言うセリフじゃないだろ～」

俺が黒羽の髪をぐしゃぐしゃにすると、黒羽はきゃ～っと楽しげにつぶやき——でも手を離さなかった。

「そういや、今日だけ使える言い訳って？」

「ああ、それはね、ハルがお父さんと気まずいんじゃないかって理由」

「っ！」

さすが幼なじみと言うべきか……俺の家のことまでよくわかってる。

俺の親父の名前は、丸国光。小さなころ、誰かが『日本刀みたいな名前だ』と言ったことが印象深く記憶に残っている。

親父は元々スタントマンの仕事をしていたが、俺の母親がドラマの撮影中に事故死したことで、いろいろ考えるところがあったのだろう。キャリアを活かし、交通事故再現スタントの仕事をするようになった。おかげで全国を回るようになり、一年の半分以上家にいない状態だ。

そのせいか俺は成長するにつれ、親父が苦手になっていった。

仕事自体は、交通事故の防止を訴える立派なものだと思っている。親父がその仕事を選んだ気持ちも、十分に理解できる。

でも仕事を理解しているからといって、仲良くできるかどうかは、別の話だ。

俺は親父が帰ってきても最低限の会話だけしかせず、それどころか何となく避けるようにまでなっていた。

で、今日は始業式の朝である。

うちの親父は規則正しい生活をする人間で、必ず朝食を取る。今までは冬休みだったから朝を一緒に食べないようにしてスルーできたが、学校が始まるとさすがにそうはいかない。登校途中にコンビニでパンを買って食べることも考えたが、かかるお金と時間を考えるとさすがに迷う。

――という俺の心情を読み切って、黒羽は早朝、俺の家に来たのだ。

「……まあ、それは本当に助かったよ」

黒羽がいてくれたおかげで空気がだいぶ柔らかかった。

俺と親父の二人きりの朝食だったら――いろいろ面倒なことを言われそうで、ちょっと想像したくない。

「でしょ?」

なお、親父と黒羽の父親の道鐘さんは幼なじみ。

俺の亡くなった母親と銀子さんはその繋がりで親友同士。

その結果、親父と銀子さんも友好的な関係だ。俺が志田家によく食事などでお世話になっているのも、そんな経緯から。

なので黒羽が俺と親父の関係が心配、と銀子さんに一言告げるだけですぐに事情を察してくれたことだろう。

「クロ、これって校内でも続けるのか……？」

今はまだ外だから騒ぎもたいしたことになってない。

しかし校内でやると、とんでもないことになるのが容易に想像できるわけで――

「もち」

黒羽は二文字で俺の抵抗をねじ伏せた。

「だからあたしは攻めるしかない状況って言ったじゃん」

などと話しているうちに、校門を抜けた。

学校の中に入ったことで生徒の数が飛躍的に増え、周囲のざわめきが爆発的に広がっていった。

「ぐぐっ、あのラブラブな雰囲気……！　まさか！　二人は冬休み中に何かあったのでは……！」

「言うなぁぁ！　考えたくないぃぃぃぃ！」

「くそっ、丸に後で何があったか吐かせてやる！」

いや、何もないんだけどな。

冬休みはだいたい群青同盟のメンバーといたし。勉強だってみんなで集まってやっていたくらいだ。

「ちょっと男子！　そういうのやめなさいよ！　クロは勇気を出して告白したんだよ！」

……あれ？　どうやら味方もいるらしい。

しかも女子だ。初めての展開なだけに、ちょっと驚きだった。

「あたしはクロの友達として、クロを断固応援するから。そういう変な言い方、やめてよね」

「そうそう！　クロは真剣なの！　あんたらみたいなバカに茶化して欲しくないんだけど！」

さすが黒羽と言うべきか……応援団みたいなのができてる……。

ただ個人的にはちょっと近づきたくないなぁと思っていると、コートに身を包んだ女子たちの一団からクイッと手招きされた。

手招きしてきたのは黒羽がゆっこと呼んでいて、いつも一緒にお昼を食べている子だ。後ろにいる二人も、俺はほとんど話したことがないが、黒羽の友達としてよく見る子だった。

「クロはそのままで。ちょっとだけ丸くんを借りるね」

しかも俺だけをご所望らしい。

「ハルをどうするの？」

「大丈夫、クロのマイナスになることは絶対にしないから」

友達にこれだけ言われては、さすがの黒羽も逆らえなかったらしい。

「ハルに変なこと言わないでね」

「もちろん」

やむなく、といった感じで黒羽が俺から離れた。

こうなると俺も無暗に逃げるわけにはいかない。

凄く嫌な予感がするので、俺は警戒しながら三人の女子に付いていった。

彼女たちはニコニコしているが、それが表面上だけということが鈍い俺にもわかる。そんな不穏な笑顔のまま角を曲がり、俺は校舎の裏に誘導された。

真冬の校舎裏は閑散としている。木にはわびしく枝があるだけで、すでに枯れ葉すらない。

そんな人気のない場所で、俺は三人の腕を組んだ女子ににらみつけられていた。

「丸くん」

「あっ、はっ、はい……」

「緊張しなくていいよ」

「い、いえ……」

これは罠だ、と俺は思っていた。うかつに調子に乗った行動をすれば、一斉に袋叩きにされる。そういう状況だと直感で悟っていた。

「あのね、丸くんはわかってくれていると思うけど、女の子からの告白ってとても勇気がいるの」

「そう。あ、もちろん男の子からの告白に勇気がいらないって言ってるわけじゃなくてね。仲間内での立場とか、周囲からの見られ方とかが女の子はどうしても大変なところがあって……」

「あ、でも、それで言うと、丸くんって、とんでもない状況を潜り抜けてるよね……」

「……確かに」

まあ俺、文化祭で黒羽に公開告白してフラれたり、哲彦と公開キスして本命は哲彦疑惑が流れたりと、切腹もののネタが複数あるからな……。

女子たちは次々と俺の肩をポンっと叩いた。

「丸くんも大変だったね」

「あ、ありがとう……」

なんだか労われた。

とはいえ、俺はまだ油断してはいけないと感じていた。

そしてその直感は――どうやら正しかったらしい。

「でもね、それとこれとは話が別で」

ギラリ、と女子たちの目が鈍い光を帯びて輝く。

「クロにはお世話になってるから、幸せになって欲しいの！」

「あんな一途でいい子いないって！」

「可愛いし！　背がちっさいのに胸大きいし！」

あっ、あ～……、そういう話だったか……。

取り囲まれている以上、うかつな言葉を口にすることは自殺行為だ。

そのため俺は両手を胸の前に出し、興奮をなだめるポーズをしながら苦笑いするしかなかった。

「そりゃ可知さんや桃坂さんは凄いよ！　芸能人みたいなものだし！」

「でもクロは勝ってる！　よね！」

「今、返事をしなくていいってクロが言ってるって知ってるけど、たぶん待ってるの！」

……凄く彼女たちの気持ち、わかる。

そうなんだ。黒羽には悪いところなんてないし、俺の優柔不断さを許して待ってくれている。

それがわかっているだけに、俺は押し黙るしかなかった。

「だから丸くん、ここは丸くんのほうから――」

「……っ」

しかし、だんまりも長く続けるには無理がある。

何か言わなければと俺が口を開きかけたとき――

「――はい、そこまで」

黒羽が割り込んできた。

「嫌な予感当たっちゃった。もうみんな、そういうのやめてよ。ハルが困ってるじゃない」

「クロ……でもさ……」

黒羽はサバサバした口調で言う。

「……最近ゆっこさ、ジャネーズの男の子と、この前見に行った映画の主演だった俳優にはまってるでしょ？」

「あ、うん」

「例えばあたしもジャネーズの男の子を応援してるから、他の人にははまらないでって言ったら？」

「いや、そ、それは……」

「困るでしょ？」

「でも、それとこれとは……」

黒羽はゆっこというクラスメートの女子の額にデコピンを食らわせた。

「あいたっ」

「心の問題は、他人が踏み込むとこじれやすいの。これでハルが嫌気がさしちゃって、あたしがフラれたら、ゆっこ責任取れないでしょ？」

「うっ、それは……」

「みんなで取り囲んで、無理やりあたしとハルが付き合うようにしても、そんなの長く続かないと思うの。あたしとハルにはあたしたちなりのやり方があるから、尊重して欲しいな」

「クロ……」

どうやら勝負がついたようだ。

三人の女子たちは黒羽に抱き着いて言った。

「ごめんね、クロ～」

「じれったくて、つい～」

「クロがけなげだから～」

「はいはい、ありがと。でも今度やったら、ゆっこに好きな男の子ができたとき、その男の子に同じことやりに行くから」

「や～め～て～」

和気あいあいとしながら黒羽は言うべきことを言いつつ綺麗にまとめる。

本当に黒羽にはかなわないな、と思う部分だ。

黒羽は三人の女子を先に教室へ行かせると、また俺の腕に手を回そうとしてきた。

「っ！」

俺はとっさに手を引いてかわした。

黒羽は透かされたことにきょとんとして言った。

「嫌なの？」

「嫌っていうわけじゃ……」

「ハル」

短く俺の名を呼び、黒羽がじっと見上げてくる。

「こういうとき、どうするんだっけ？」

俺は脳をフル回転させ、一つの結論を導き出した。

「ちゃんと話し合う」

「そう。言葉を濁してるだけじゃわかんない。ちゃんと話して」

そうだ。

当たり前のようだけれど、この『ちゃんと話し合う』ということがとても大事なのだと、クリスマスパーティで理解したじゃないか。

黒羽からすれば、今の俺の行動は、アタックしたけど逃げられたと感じる。だから『嫌なの？』と聞いてきたのだろうし、下手したら嫌われたかもしれないとまで考えてしまった可能性もある。

こうしたさりげないすれ違いが重なると、不安から極端な行動をとりがちになる。そのため、この前は俺が黒羽、白草、真理愛から一斉に距離を取ることに繋がってしまった。

だからその反省を活かし、ちゃんと話すのだ。

俺は深呼吸し、自分の今の気持ちを正確に伝えられるよう言葉を選んだ。

「あのさ、クロが腕を絡めてくるとか、凄く嬉しいけど……恥ずかしい」

「それはさっきも聞いたし、気持ちはわかるけど……どうしてもダメ？」

甘えるような上目遣いにドキリとする。

でもその場の感情に流されないよう、心を引き締めた。

「なんていうか、クロとはそれこそ幼稚園のころから一緒に登校ってしてただろ？」

「うん、まあ」

「それだけに違和感が凄いというか……とんでもなく背徳的なことをしている感じがして……」

「あたしはその違いが新鮮で楽しいんだけど」

「なるほど、その辺りは受け止め方が違うのか。例えばクロは、腕を組むの、妹たちの前でできるか？」

黒羽は即答した。

「それは無理。……ああ、ハルはその感覚に近いんだ」

「そう！　あとはさっきの子たちみたいなことをするやつもいると思うし、男子たちにもクロは人気があるから嫉妬されるだろうし、学校ではちょっと抑えめがいいというか……」

「むしろちょっと見せつけたいかも……って感情、あたしは持ってるんだけど、ハルは？」

「俺はそういうのは人が見てないところのほうが……」

「そういう意味で、嫌じゃないけどってことなんだよね？」

「そりゃクロとくっついてて嫌な気持ちなんかしないけど、〝おさかの〟とはいえ不純な気がして。もう少しまっすぐクロと向き合いたいって思うんだ」

「ここまで来てるんだから不純とは思わないけど……ま、ハルらしいかな」

黒羽はニコッと笑った。

「じゃ、人前でくっつくのはもう少し抑えて、でもこっそりイチャイチャしよ？」

「うっ、イチャイチャって単語、破壊力高いな……っ！」

頭がお花畑になりそうな魔力を秘めている。

「言っておくけど、人前では譲ったけど、こっそりする部分では譲るつもりないからね？」

「だ、ダメ……？」

「これ、さっきから何度も言ってると思うけど――」

黒羽は再びずいっと俺に顔を寄せ、真顔で言った。

「――あたしの立場的に、押すしかないじゃん」

「――確かに」

そう、公開告白までして、俺のときと違って現状フラれていない。まだ天秤はどう傾くかわからない。

そんな黒羽の立場なら、押しまくって俺の心を落とす――という結論しかないのは当たり前だ。

ただそんな受け身の立場が嬉しいやら恥ずかしいやら、罪悪感があるやら……俺はなかなか冷静になれずにいる。

ただクリスマスパーティの一件で、罪悪感でぐちぐち悩んだり、極端な行動に出たりすることはむしろ黒羽が喜ばないことがわかった。

だから自然体でいくしかないだろう。

「お、お手柔らかに……」

「できるかなぁ？」

「……何をする気だ？」

「言ったら楽しくないと思うんだよねー」

可愛らしく口元に人差し指を当てて笑う黒羽。

クリスマスパーティの一件以来、話し合いの時間を増やした俺たち。

俺と黒羽は幼なじみとしての時間が長すぎた。恋愛関係になるまでにはこうした話し合いが必要なのかもしれない。

俺たちは恋愛関係を意識した話をするようになり、さらに心の奥底までさらけ出すようになったことで、互いの理解をさらに深めてきている。

その分だけ俺は黒羽に惹かれているような気がしていた。

＊

「くっ、白草さん、一足遅かったようですね……」

桃坂さんのつぶやきに私は同調した。

「まさかこんなに早く家を出てるなんて……」

私は『始業式だから』という言い訳を用意して朝早くにスーちゃんの家に押しかけた。

しかし出てきたお父様から言われたのは、

『もう黒羽ちゃんと家を出たよ』

というセリフだった。

そうしてすごすごと引き返し、急いで追いつかなければと思っていたところで桃坂さんと遭遇した。

どうやら桃坂さんも同じことを考えていて、早めに迎えに来たようだった。

ここからは二人で協力し、スーちゃんと志田さんの後を追った。

そうしてようやく追いついたと思ったら、ある程度の騒ぎがすでに収まり、二人ともいい感じで教室に向かっているという状況だった。

「白草（しろくさ）さん、モモ……間に割って入ってきます！」

桃坂（ももさか）さんはダッシュで近づき、スーちゃんの胸にダイブしていく。

そのバイタリティと行動力に感心しつつ、私はまったく正反対のことを考え始めていた。

（たぶん、あれではダメだ）

桃坂さんの行動を非難するつもりはない。さっきも思ったように、感心すらしている。

でも——勝利へと繋がらない。

抱き着くといったアタックでスーちゃんの心が決まるなら、すでに誰かしらを選んでいるはずだ。

現状の均衡状態は、安易な肉体的接触が勝利の鍵にならないことを示している。

ではどうすればいいか。

この問いに対する答えの一つが志田（しだ）さんの行動だったのだろう。

——気持ちのオープン化。

スーちゃんは恋愛に自信がなさそうなところがある。あれだけ演技のときは輝いているのに、どうも普段と演技をしているときの自分を分けて考えていて、普段はまったく冴（さ）えないと思い込んでいるところがあるのだ。

おそらくそれは、何年にも及ぶ失意の経験から沁みついてしまっているのだろう。

だからこそ、私や志田さん、桃坂さんがアタックを繰り返しても、モテてるなんて自分の勘違いで、実は自分はからかわれているのではないかと思い込んできた節がある。

志田さんの公開告白は、そんな思い込みをぶった切った。みんなの前で好きだと伝えることで、誤解の挟みようのない状態にした。イメージで言えば、スーちゃんの頭を摑んで、自分が好きなことをわかってと説得したくらいの感じだ。

しかもみんなの前で伝えたことで、多くの人が志田さんの味方についた。

これが計算かどうかはわからない。しかしあれほどのリスクを負った行動を目の当たりにしたら、おそらく私でさえ、志田さんの告白相手がスーちゃんでさえなければ、応援したくなったかもしれない。ライバルながらその勇気には、称賛を送らざるを得ないと思ったほどだ。

それだけに対抗手段が難しい。

私が同じことをしてもしょせん二番煎じ。

桃坂さんのように積極的に向かっていっても、根本的な勝利には繋がらない。

告白はもちろんすると決めているが、関係を深めるイベント……しかも志田さんと桃坂さんがかかわらない……そんなイベントが起こらないだろうか。

「――ダメだわ」

願っているだけじゃ、奇跡なんて起きない。

行動をしてこそチャンスは転がってくる。そういう意味では、勝利へと繋(つな)がらないとおそらく気づきながらも積極的にいく桃坂(ももさか)さんはとても正しい。

「何か、行動を……」

私は誰に言うわけでもなく、口の中でつぶやいた。

＊

放課後、群青(ぐんじょう)同盟の会議はあっさりと終わった。

「冬休みにたっぷり撮影したから、素材が余っててよ。アニ研の力も使って編集していくが、オレはそっちで手いっぱいになるから、しばらく群青(ぐんじょう)同盟の活動はなしな」

そんな風に哲彦(てつひこ)は言った。

「わかった。まあさすがに冬休み、ちょっと遊びすぎたしな……」

「末晴(すえはる)がそんなこと言うとは珍しい」

「なんつーか、親父(おやじ)と顔を合わせたくなかったとはいえ、全然家にいなかったことに罪悪感があるんだよ」

親父(おやじ)も冬休みが終わり、これからまた出張で家を空けるだろう。なら落ち着いて家にいられるし、外は寒いから、頑張って勉強に取り組んでみるか――という気持ちになっていた。

哲彦がここにいるメンバー……俺、黒羽、白草、真理愛、玲菜を見回した。

「活動なしとはいえ、何もなしってのも味気ないから、オレから各自課題は出しておくぞ。……玲菜」

「あっしっスか？」

「お前はこの機会に動画編集を覚えてみろ。短い動画を一つ割り振っておく」

「うげーっ、難しそうっスねー」

「覚えたら撮影よりも稼ぎやすいぞ。撮影は素人でも多少できるが、編集は無理だからな。しかもWe Tubeの影響もあって、動画編集は需要がある」

「それは……なるほど。了解っス。挑戦してみるっス」

「この後付き合え。アニ研に事情を説明しに行くから、今日とっかかりだけでもやってみろ」

という感じで玲菜だけ残り、他のメンバーは解散となった。

で、問題の各自に与えられた課題は――

「課題さ、俺、勉強だったんだが」

俺、黒羽、白草、真理愛の四人での帰り道。

歩道を歩きながら話題を振ると、黒羽がベージュの手袋をつけた手をひょいっと挙げた。

「あたし、演技。今すぐってわけじゃないらしいんだけど、モモさん以外にちゃんと演技できる女の子がもう一人は欲しいんだって」

「私は脚本の執筆依頼だったわ」

白草は押している自転車をいったん止め、コートのポケットからUSBを取り出して見せた。手袋を外さなかったのは、スタイリッシュな柔らかい黒革なので、つけたままでも手の動きに不自由していないためだ。

「この中に企画書が入ってるから、一度目を通して欲しいって。これもまた急ぎじゃないとは言ってたけれど」

「哲彦のやつ、あいかわらず何か企んでやがるな……」

しかも今回、かなり先を見据えて手を打ってきてる感じだ。あいつの場合、深謀遠慮のときほどとんでもないことをしでかしそうで恐ろしい。そういう意味で平凡じゃないというか、悪い意味で大物というか、底が見えない怖さがある。

「そういやモモは？」

「来年度の四月、新入生をどんな基準でエンタメ部に入れるかの案出しです」

「ほ〜」

なんと。それは想像外の課題だ。

「何でモモにそれを？」

別に俺や黒羽、白草に依頼してもいいような内容だ。

「モモも同じ質問をしたんですが、哲彦さんは来年度のどこかの時点でモモに部長を譲るつもりとのことです。次の部長として、エンタメ部をどうしていきたいか、そのためにはどんな風に新入生を募集するべきか、考えてみて欲しいと言われました」

「なるほど」

群青同盟の正式メンバーで一年生は真理愛だけ。玲菜は準メンバーだ。そうなると、次世代を考えた際、部長は真理愛以外考えられない。

「つーか、哲彦のやつ、エンタメ部を存続させる気なんだな」

「あ、あたしもハルと同じこと思った。哲彦くんのことだから、自分の好きなことだけやって、終わったら潰しちゃうのかと思ってた」

「あの男、浅黄さんに甘いところがあるから、一応残しておこうと思ったとかじゃないかしら」

「あー、それは哲彦さんらしいというか。ま、群青同盟レベルの組織、うかつに潰してしまうのはもったいないと思うので、モモとしても前向きにと捉えているのですが……」

「何か気になることでもあるのか？」

俺が尋ねると、真理愛はピンク色の毛糸で編んだ手袋を顎に当て、眉間に皺を寄せた。

「単純に課題として難しいものだなと思っているだけです」

「今と同じ正式メンバーの過半数の賛同じゃダメなのか？」

「末晴お兄ちゃん……それは最低条件です」

よくわからなかった俺は小首を傾げた。

真理愛がしっかりものの妹の仕草で語る。

「群青同盟は成立が中途半端な時期だったため、普通の生徒は他に部活に入っていたりして、入りたくても入れないってパターンが多かったんです。そんな条件があっても哲彦さんのところにはかなりの数の入部希望があったことは知っていますよね？」

「そういやそうだったな」

黒羽、白草、真理愛の三人の人気は絶大で、今も三人に近づきたいやつは山ほどいる。

「それが四月当初に募集するとなると、もうとんでもないことになるのが予想されるわけです。例えば一人一人と面接でもしますか？　そのうえで正式メンバーの過半数の賛同を得ようとすると、どうなると思います？」

「時間もめちゃくちゃかかるだろうし、そもそも面接で判断できるかなぁ……？」

「そうなんです。群青同盟は基本少数精鋭で、それでフットワークの軽さを実現しています。何も考えず規模を大きくするのはあまりよくないでしょう。規模だけなら〝ヤダ同盟〟〝絶滅会〟〝お兄ちゃんズギルド〟を一時的に助っ人として使えますし」

「確かに」

「一番の問題はモモ狙いで入りたいだけといった人ですが、これをうまく弾くために何をすればいいか……これが難しいです。面接程度で見破るのは困難ですから」

「本気でエンタメをやりたくて、俺たちとうまく関係を築けるようなやつならいくらでも欲しいんだが……」

そう考えると、新メンバーをどう採用するかって、凄く難しい。

「かといって門戸を開かない選択肢もありません。誰も新しく入らない部活なんて生徒会が許さないでしょう」

「それやっちゃうと部活って言えなくなるよなぁ……」

「入部の基準が明確ではないのも、後の不満の種になります。多少の選り好みはしょうがないかもしれませんが、気に入った人間だけ入れるというのも健全ではありません」

「うーん、えこひいきとか橙花が嫌いそうだ」

俺は厳格だが道理のわかった生徒会副会長の顔を思い出し、頷いた。

「ちなみに末晴お兄ちゃんは何人くらい入部希望が来ると思いますか？」

「そうだな……」

穂積野高校は一学年四百人だ。

それを考えると……。

「四十人くらい？」

つぶやいた瞬間、同時に左右から声が上がった。

「──ハル、甘い」

「──スーちゃん、甘いわ」

俺は思わず喉を詰まらせたが、一応自分の考えていた論理をまくしたてた。

「四十人って、かなり多いぞ？　新入生の一割だし、一番部員の多いサッカー部が二学年合計で三十人程度。四十人来て、それを全員入れたら学校で一番大きい部活になる計算なんだが？」

「あたしの予想は、百人」

「えっ……？」

「志田さんはそのぐらい？　私は百五十人くらいを予想していたけれど？」

「モモは百～二百という感じの予想です」

「……まじかー」

実際どうなるかはわからないが、俺がダントツで少ない予想なのは確かなようだ。

真理愛が人形のように可愛らしい瞳に力を宿し、理詰めで語る。

「話を整理しましょう。そもそも、本来は部活で入部メンバーを絞るのはご法度です。ただ、今までは『中途でできた部活だし、騒動の元になるから』という理由で、『正式メンバー過半数の賛同が必要』ということを学校に認めてもらっていました」

「『中途でできた部活だし』の部分が四月以降は使えないってことか」

「ええ。でも、やりようによっては希望者全員を入部させるのはまずいと学校側に理解させることはできるはずです。つまり四月以降は『全員入れると他の部活の存続が危ぶまれることから、エンタメ部独自の入部基準を用意しました』と言って、少数精鋭を達成するという計画です」

「それが哲彦の出した『新入生をどんな基準で入れるかの案出し』って課題か。となると、この基準は教師や生徒会からもチェックが入りそうだな」

「それをクリアできるだけの基準、というのも哲彦さんの課題には含まれているわけです」

なるほど、真理愛が難しいと言うはずだ。

道路の脇を枯れ葉がコロコロと音を立て転がっていく。

俺は歩きつつ、後頭部で両手を組んだ。

「しかし、新入生ねぇ……ということは、もう高校三年生が近いのか。何だかまだ高校に入ったばかりのような気がしてたけど、あっという間だな」

夏休みのころはまだ高校生活が半分以上も残ってるなんて考えたものだ。

でもそれから数か月。

あと三か月で高校二年生も終わり、最終学年に突入しようとしている。

高校三年生になれば大学受験が目の前に見えてくるだろう。群青同盟での活動が楽しかっただけに、高校生活の終わりが見えていることにたとえようのない寂しさが心をよぎった。

「――末晴お兄ちゃん」

突然、俺のコートを真理愛が引っ張る。

俺が立ち止まって振り返ると、真理愛はニコッと笑った。

「ということで勉強やめて留年しましょう！　モモと一緒に卒業すればいいんですよ！」

「とんでもないこと笑顔で言うなよ⁉」

白草が眉間をつまみ、黒羽はため息をついたが、真理愛はその発想が気に入ったらしく、その後もちょこちょこ『留年しましょう！』と誘ってくるのだった。

＊

冬休みに少々遊び過ぎていた俺たちは、帰りに図書館へ寄り、勉強をしてから各自帰宅した。

「ふわぁ～」

久しぶりの登校の疲れが一気に出てきたらしい。

あくびをしながら玄関の扉を開け、靴を脱ぎ捨てる。

家に足を踏み入れたタイミングで、リビングから親父が顔を出してきた。

「末晴(すえはる)、ただいまはどうした」

「親父(おやじ)……家にいたのか」

「それよりただいまは？」

心がざわめく。

親父(おやじ)は厳格で口数が少ない、硬派な昭和スタイルの父親だ。その低いトーンから吐かれる言葉は、口数が少ないからこそ重みを持っている。

まあそれはいい。いいとしよう。

問題は細かいところまでその調子ということだ。

考えてみて欲しい。

俺は普段一人暮らしに近いから、帰ってきたとき挨拶をしないことが自然だ。家に誰もいないのに『ただいま』を言う寂しさを俺はよく知っている。

だから挨拶なんて細かいことをグチグチ言わず、『父さんがいるときはただいまって言ってくれ』くらいのトーンで言ってくれれば、俺だって素直にただいまって言いたくなるのだ。

なのに親父(おやじ)は地に響くような低い声で、『末晴(すえはる)、ただいまはどうした』である。

俺はため息をついて言った。

「はいはい、ただいま」

「はいはいはいらない」

「別にいいだろ」

「言葉遣いはすべての基本だ」

「俺、風呂に入りたいから沸かしてくるわ」

そういう理由をつけて俺は横を通り過ぎようとした。

しかし親父は逃がすつもりはないらしい。

「風呂は沸かしてある。夕食もできている。カバンを部屋に置いて風呂に入ってこい。その後飯を食いながら、話したいことがある」

「……わかった」

物凄く嫌な予感がしたが、さすがに無視もできない。

俺はやむなく自室へ向かった。

お風呂に入り、リビングへ。テーブルの上には、親父が作った下手くそな野菜炒めと味噌汁が並べられていた。

「………」

あまり親父は料理がうまくなく、冬休み期間中は俺が作るか出前を取るかが基本だった。友達と一緒に食べてくるからと言って、別々に食事を取ったことも多い。

さらに嫌な予感がしつつ、俺は親父の向かいに座った。

「あれ、親父。その手は？」

よく見ると、親父の左手首に包帯が巻いてあった。

「……今日のトレーニング中、少しくじいただけだ」

「仕事は？　明日からじゃないのか？」

「調整して一週間後からになった」

「それじゃ、その間は家に……」

「いる」

うわー、面倒くさい……。親父がいないほうが気楽なんだよなぁ……。

俺は野菜炒めに箸をつけつつ、親父の手首を見た。

（昔より怪我が多くなったよな……）

親父は職業柄、怪我をする確率が高い。一年前には骨折をして現地の病院に入院してしまったこともある。膝をすりむいたとかの軽い怪我ならしょっちゅうだ。

（年、取ったか……）

少し白髪が混じってきている。五十を越えたからしょうがないか。

「親父さ、もういい年なんだから、もう少し安全な職業に転職を考えてもいいんじゃないか？」

「……別にいい」

「ほら、スタントを教える側への勧誘があったんだろ？　その話はどうなったんだ？」

「とっくに断った」

「でもその怪我を機会にいろいろ考えてみたほうが——」

「お前には関係ない」

「関係なくはないだろ？」

「……私の怪我なんてどうでもいいことだ」

その言い方に、イラっときた。

「だからどうでもよくはないだろ！」

「私が私の身体をどう扱おうと勝手だ」

「そうかもしれないけど！」

「ならばいいだろう」

「……あ～、もういい！」

まったくこっちの心配を少しくらい顧みて欲しいものだ。

はぁ、とため息をついて、俺はやたら塩辛い野菜炒めをほおばった。

テレビから芸能人の笑い声が聞こえてくる。俺と親父では共通の話題が一切なく、絶望的なまでに会話の種が見つからない。

味噌汁をすすり、ダシが薄くてイマイチだと思っていると、親父が口を開いた。

「末晴——誰が本命だ」

「ぶっっっ！」

俺は思わず味噌汁を噴き出した。

咳き込みつつ、テーブルにあった布巾で飛び散った汁をふき取る。

「な、何のことだよ！」

「お前の女性関係に決まっているだろう」

「何で親父にそんなこと言わなきゃいけないんだよ！」

「可愛い女の子に目移りがするのは男としてわからないことではない。若いならなおさらだろう」

「イヤー、ナンノコトダカワカラナイナー」

想像して欲しい。

こちとら思春期真っ只中。家族との恋愛話。しかも父親と。

この状況でどんな気持ちになるか——

……きっつ。

……いやホント、マジで……きっつ。

親父とお袋って言えば、人生で一番自分の恋愛話に首を突っ込んで欲しくない相手じゃないの？

ただでさえ親父と顔を合わせることが苦痛だっていうのに、この話題……。これほど逃げ出したいのは久しぶりだ……。

「お前が出ている動画、一応すべて見ている」

「！」

「黒羽ちゃん、可知くん、桃坂くん、皆、魅力的な少女だ。さぞ三人とも人気があるだろうし、お前も迷うだろう」

「なっ！　何のことだーっ⁉　俺、まったくわからないんだがーっ⁉」

ぐっ、苦しすぎる……っ！

親父に好きな子がバレていることが、こんなにこっぱずかしいとは……っ！

悪いが正面から話す気にはなれない！　とにかくボケ倒すしかない……っ！

「……まったく、我が息子ながら情けない。お前はあの子たちに釣り合っていない。悲しいまでに、な」

「何だって……？」

さすがにそのセリフは聞き逃せなかった。

もしかしたら親父の言うことは正しいのかもしれない。しかし元々反発心を抱いている親父に言われ、素直に受け止めることは到底できなかった。

「何だあの演技は。才能にあぐらをかいているだけじゃないか。私から見れば、お前は豊かな才能を与えられておきながら、努力で磨くこともせず、調子に乗っている子供にしか見えん。才能を無駄遣いしているだけ醜悪だ。正直、見るに堪えんな」

「っ！」

流そうと思ったが、こんなこと言われちゃ無理だ。

俺が奥歯を噛みしめたところへ、親父はさらに追い打ちをかける。

「もてはやされるのは学生でいられる今だけ。そんなお前と、さらに羽ばたいていくだろう黒羽ちゃんたちとでは、比べるのも申し訳ないことがわからんのか？」

「何で親父にそこまで言われなきゃいけないんだよ！」

俺はいきり立った。

無表情のまま座る親父を上から見下ろし、にらみつける。

「事実だからだ」

「無駄遣いとか、醜悪とか、役者として売れなかった親父にわかるのかよ！」

俺はあえて親父が一番ダメージを受けそうな言葉を使った。

ひどい言葉かもしれないが、親父もひどいことを言っている。

目には目を、だ。

「売れなかったから、わかる」

親父(おやじ)は顔色を変えずに言った。

「努力をしても才能がなくて売れなかった者も、才能があっても努力をしなくて売れなかった者も、たくさん見てきた。いや、才能があって努力をしていたにもかかわらず報われなかった者すら、たくさんいた。お前は子役で成功しただけに、子役としての才能はあったのだろう。しかしその後、大成しなかった者もたくさんいることを知らないわけではあるまい？」

「そ、それは――」

「努力の問題ではなく、子役として求められる才能と、大人の役者として求められる才能が違った場合もあるだろう。お前は今のところ評価されているが、大人になって通じるだろうか。お前には努力という土壌と誠意が圧倒的に足りない」

「ぐっ……」

困ったことに言い返せない。大人の役者を基準にされるとぐうの音も出なくなる。

「誠意とは、些細(ささい)なところから感じられるものだ。お前はあの可愛(かわい)らしい少女たちに誠意を尽くしているのか？」

「いや、それとこれとは――」

「同じだ。特に黒羽(くろは)ちゃん……お前、クリスマスパーティで告白されたんだって？」

「な、何でそれを！」

まさか親父(おやじ)がそのことを知っているだなんて……。

　ネットでたまに書き込みがあったからか？　それに関しては哲彦の情報工作で、妄言として貶められて信憑性がなくなっているはずだが……。

「別にどこからの情報でもいいだろう。文化祭ではお前から告白し、フラれた。しかしクリスマスパーティで黒羽ちゃんから告白された。この間、僅か三か月程度だ。誠実な男なら気持ちが変わるなどあり得ず、告白を受けるのが筋だと思うが、お前は保留のような状態にしているらしいな」

「ぐぐっ……それはいろいろと事情が……」

「浮気をする男ほど口が達者なものよ。お前、黒羽ちゃんにどれだけお世話になっているのか理解しているのか？　黒羽ちゃんだけじゃない。銀子さんにも数えきれないほど世話になっているはずだ。その娘さんへの敬意という発想は持っているか？」

「ちょっと待ってくれ。それとこれとは違うだろ」

　俺はいったん話の流れを切った。

「黒羽にも銀子さんにもお世話になっているし感謝してるけど、恋愛とそれをごっちゃにしちゃいけないだろ！」

　時代錯誤も甚だしい。銀子さんにお世話になっているから黒羽と付き合います！　なんて言うほうがずっと不誠実だ。

　親父は四角のメガネを中指で押し上げると、深々とため息をついた。

「まったく今の若者というやつは。私のころは時代がバンカラで、好きな相手を公表するなんぞ切腹ものだった。それに何人もの女性に心を寄せるのは道徳的に男らしくないとされていた。男たる者、好きな女性に命を張るのが筋であるだろうに、これだから軟弱者は」

「いきなりめっちゃ早口になったな！」

そう、親父の問題なところは、細かいって部分だけじゃない。

価値観が古臭く、それをそのまま俺に押し付けてくるところだ。

「親父の考え方は昭和だって！　今はもっと柔軟なんだよ！」

「柔軟とはどういうことだ？」

「常識なんて誰かが勝手に決めたことだろ？　こうしなきゃ、って時点で偏見が混じってる。誰かに迷惑をかけるようなことは避けたほうがいいだろうけどさ、当人同士が幸せなほうが大事じゃないか？　親父、そんなこと言い出したらＬＧＢＴの問題、どうすんだよ？」

「ぐっ――」

「俺とクロは、最近よく話をしてる。お互いに成長して、昔と同じままでいられなくなっているんだ。そんなズレを話し合うことで理解を深めようとしている」

「それは、いわゆるキープしているということなのではないか？　高校生の分際でそのようなことを……うらやま――不埒な」

「――おい、親父。今、うらやましいって言おうとしてなかったか？」

「言ってない」

「言ったよな？」

「言ってない」

何か段々とわかってきたぞ。

親父としては黒羽と俺が、恋愛関係でいざこざになるっていうのは避けたいのだろう。何せ志田家とは家族ぐるみの付き合いなのだから。なのに俺自身はフラフラしているっぽい、だから説教をしてやろう――

――と思っていたが、そうなると疑問がわいてくる。

それなら俺が文化祭でフラれたとき、なぜ何も言ってこなかったのか？　という問題にぶち当たるのだ。

つまり――

「親父さ……もしかして俺がモテてそうってことが気にくわないだけじゃ……」

「……違う。断じてそんなことはない」

うーん、ちょっと動揺しているように見えるんだが、どうだろうか……。

「私はずっと母さん一途だ」

「ま、それは疑ってないけどさ」

親父の周囲に女っ気はまるでない。それは黒羽の父で、親父の親友である道鐘さんから聞いて知っている。

道鐘さんはかつて、親父に縁談を持ちかけたことがあるらしい。父親だけで俺を育てるのは大変じゃないかと慮ったそうだ。しかし親父は激高し、親友同士なのに一か月口を利いてもらえなかったと言っていたくらいだ。

「私は今も有紗を愛してる」

「うん、それはいいことなんだが――」

なんだか本音を隠しているから殊更強調しているようにも聞こえるんだよな。

「親父、もしかして……モテなかったのか？」

「！」

親父のこめかみがピクリと反応した。

「学生のころ憧れたような状況に息子がなってるから嫉妬してるとか……そういうことじゃないよな？」

ちょっと想像してみた。

自分が父親になり、息子が可愛い女の子に囲まれていたら……って。

するとまぁ、気に食わない。

もちろん『バカな想像するな』と言われればそれまでなのだが――

「…………」

予想以上にクリーンヒットしているようだった。

「いや、親父……それはさすがに大人げないっていうか……ぶっちゃけ引いたわ」

「う……」

「う？」

「うるさいっっ！」

親父はいきなり立ち上がった。椅子が転がろうがお構いなしだ。

「お前は恵まれた現状にあぐらをかいている！　何事も中途半端なのを何とかしろ！」

「親父が何事も完璧にやってるっていうなら説得力があるけどさ！　親父だって仕事一つとっても手首を怪我するようなことしているじゃないか！」

「ぬっ……」

「いろいろと気に食わないことはわかるけど、俺だって考えたり頑張ったりしてるんだ！　何も知らないくせに説教するなよ！」

「その考えとやらが甘いと言っているんだ！」

「普段家にいないくせに！　偉そうに言う資格があるのかよ！」

「私はお前の父親で、ここは私の家だ！　私の稼いだ金でお前は暮らしている！　だからお前が私の意見を聞くのは当たり前だろう！」

……何だそりゃ？

それなら世の中の子供は全員、親の言いなりにならなきゃって論理になりゃしないか？　自分の言いなりにならないなら自分で金を稼いで自力で暮らせってことか？　まるで生活を人質に取っているような言動だ。

俺はそういう言い方をされるのが大嫌いだった。

だって子供である以上、親は選べないし、金を稼ぎたくても年齢的に自由にならず、時間的にも学校に行きながら仕事っていうのは不可能だ。

（たぶん親父は単純に、俺に言うことを聞かせたいがためにそう口にしているだけだろう）

生活を人質にして、という意識はない。価値観が古いだけで、人の弱みに付け込むような性格ではないことは、これでも息子だから知っている。

でも――それでも――言っちゃいけないことってある。

俺の逆鱗に触れるには、十分なセリフだった。

「へーっ！　じゃあ家にいなきゃ文句言われる筋合いはないってことだよな！」

頭に血が上っていた。

「おい、ご飯の途中だぞ！」

「知るか！」

このクソ親父（おやじ）、何言ってもまるでわかりはしない。

俺はダイニングを後にすると、自室に戻って旅行用のリュックサックを取り出した。

そして日常の生活に必要となりそうな制服や下着などの衣類、教科書類などなど、最低限のものを詰め込んだ。

「……よしっ！」

リュックを背負って一階へ下りる。

親父（おやじ）は——どうやらそのままダイニングにいるようだ。

昔からそう。親父（おやじ）は俺とぶつかっても、謝ってきたりしない。何も言わず放置だ。自分が悪かった場合でも、誰かが間に入って、ぼそっと『言いすぎた』とか言うのがせいぜい。

「ふんっ！」

とにかく親父（おやじ）と同じ家にいるのが我慢ならなかった。

そうして俺は家を飛び出した。

自由の匂いを感じながら。

＊

「——泊めてくれ」

「――帰れ！」

哲彦の家のマンション。

ドアが開いた瞬間の拒絶に、家を飛び出して三十分の俺は、早くも厳しい現実に打ちひしがれていた。

俺が誰かの家に泊めてもらおうとするとき、まず頼りになるのが志田家である。

家族ぐるみの付き合い。しかも隣。関係、立地、すべて文句なしだ。

しかし今回ばかりはそれがあだとなる。

親父と志田家の道鐘さんと銀子さんは繋がっている。となると、俺が志田家にいるのは早々にバレるわけで、それを聞いた親父が、

『家出して頼るのがそこか。あいかわらず根性の欠片もないやつだ』

といった感じで、鼻で笑うのが見えている。

親という絶対権力を使って偉そうにする親父が許せないのに、その親父の親友の家にお世話になるというのはやはり本末転倒だ。

また志田家は女の子ばかりで、忍び込むには問題がありすぎる。だから今回ばかりは相談することと自体を見送ったわけである。

で、次に頼りになるのは……と考えて思いついたのが哲彦だった。

「頼む！　お前、実質一人暮らしだろ？」

哲彦の両親は離婚し、哲彦は母親に引き取られているらしい。ただその母親は結構問題がある人のようで、祖父母が実質の保護者となっているそうだ。

祖父は神戸にある大きな会社の社長をしているらしい。神戸に住むとなると転校しなければならないので、哲彦は裕福な祖父が持つ、学校に近いマンションでほぼ一人暮らしをしていると聞いていた。

「ま、一応事情だけは聞いてやる。言ってみろ」

哲彦は家の中への侵入を防ぐように、ドアの縁にもたれ、足裏をかける。

ということで、俺は玄関口で親父との喧嘩について簡単に説明した。

哲彦は話を聞き終えると、腕を組んで思案し始めた。

「なるほど、事情はわかったが、でもな……」

「何だよ、何がダメなんだ？」

「女の子以外を家に上げるの、やなんだよなー」

「あっはっは！　死ね！」

びっくりするほどのクソ野郎ぶりに、俺は中指を立てた。

それを見て哲彦はさらりとドアを閉めようとする。

「んじゃな、末晴」

「おい待てよ！」

俺が慌てて止めると、哲彦は眉間をピクリと動かした。

「ん？　待て？」

「あ、いや、待ってくれないかなー？」

「じゃあな」

再びドアを閉めようとする哲彦。

俺は慌てて隙間に指を挟み、抵抗した。

「ちょちょ！　ま、待ってください！　お願いします！　哲彦様！」

「そうそう、最初からそういう口調のほうがいいぜ？　口の利き方は大切だからなー」

くそっ、なんてクソ野郎なんだ……。

ちょっと弱みを見せたとたんこれだ……。

ドアを閉める力は弱まったが、代わりに俺は殺意をこめて念を送った。

「んー」

何を考えているのやら。あいかわらず考えの読めないやつだ。

少しだけ視線を逸らして考えた後、哲彦は口を開いた。

「とにかく今すぐは絶対ダメだ。夜十時を過ぎて、どうしても宿が見つからなかったらもう一度連絡してこい」

「……十時を過ぎればいいのか？」

「オレの予測じゃ、そんなことにはならねぇと思うがな」

意味深なことを言い、哲彦がドアを閉める。

俺はまったく意味がわからないまま行く当てがなくなり、呆然と立ち尽くすしかなかった。

＊

哲彦は末晴がドアの前から立ち去ったことを確認すると、頭を掻きながらリビングに戻った。

「哲彦、泊めてやらなくてよかったのか？」

「いいんだよ、叔父さん」

ソファーに座って振り返る叔父――甲斐清彦に、哲彦は肩をすくめてみせた。

「だってさ、どう運命が転がるか見てみたいじゃん」

「……悪そうな顔だ。お前、姉さんの悪いところを受け継いだな？」

清彦がダンディーなあごひげを撫で、からかう。

「やめてくれよ、叔父さん。あんなババアに似てるなんて、冗談でも聞きたくないね」

「……わかったよ。ただ自分の母親をババア呼ばわりだけはしないほうがいいぞ、とは言っておく」

哲彦は素直に言うことを聞くつもりはなかったが、ここで喧嘩をするメリットはないので言い返さなかった。

無言のままソファーの元々座っていた場所に腰を下ろすと、気持ちを察したのか、清彦は軽妙に話題を変えた。

「で、お前が見たい末晴くんの運命ってのは？」

「いや、見たい運命は末晴のじゃないんだよ」

「ああ、なるほど。白草くんと真理愛くんのほうか」

「正解」

さすがだ、と哲彦は思った。

叔父はいつも勘が鋭く、理解力が高いおかげで話が早い。

「今、クリスマスパーティの公開告白で、志田ちゃんは有利な立場になった。公開告白をしたその勇気に、周囲まで応援ムードになってる。詰み……とまでは言えなくても、詰めろがかかってると言ってもいい」

詰みとは将棋用語で、何をやっても敗北となる状態のこと。詰めろとは、何もしなければ詰みにされる状態のことを言う。

つまり現状、白草と真理愛が何の手も打たなければ黒羽の勝ちが確定する――と哲彦は見ていた。

「ここまで優勢になると、挽回するには相応の策か運命の導きが必要だと思うんだ」

「お前の考えでは、今がまさに運命を引き寄せられるかどうかの状況にある、と？」

「だってさ、可知と真理愛ちゃんにとって、今ほど最高のチャンスってなかなかないんだよな～。家出した末晴が助けを求めるとしたら、普通は志田ちゃんだ。付き合いの長さや関係の深さから言って、どうしてもそうなる。でも――」

「こうしてお前を頼ってきたところを見ると、黒羽くんのところに行く気はないだろうな。頼るとしたら、本来お前より先に頼るはずだから」

「そうなんだよ。志田ちゃんのところは家族ぐるみの付き合いだから、避けたみたいなんだよな～」

「そのうえでお前が今、泊めるのを断った。そうなると末晴くんが頼れるあてってのが随分絞られるわけだ」

「末晴も、自分から可知や真理愛ちゃんに泊めてくれって言わないと思うんだよ。そもそも付き合ってもいない女の子に対して、家に泊めてくれだなんて言うのは、ハードルが高いし。さらにそれが恋愛感情を持っている相手であり、しかも複数人の間で心が揺れている状態……って考えると、まあ無理だな」

「しかし白草くんや真理愛くんから誘いがあれば別だろうな」

　自分から言い出すのは難しいが、相手から提案してもらえればめちゃくちゃありがたい――そういう出来事はいくらでもある。暇で退屈だが、誰かを誘うのは気を引ける……でもそのタイミングで遊びやゲームに誘われたりしたら嬉しい……なんてのがその例だ。

今の末晴はまさにそんな状態に近いと言えた。

「そうなんだよ。今、末晴は本気で困ってる。藁でも摑みそうな勢いだ。だからそう、今からオレがタイムリミットとした夜十時までに、可知か真理愛ちゃん、どちらかが末晴に連絡をしたとしたら、どうなると思う？」

哲彦がにやりと笑うと、清彦はあごひげをつまんだ。

「夜十時は何の意味かと思っていたら、そのせいか。二人が末晴くんに連絡するとしたら、十時前だろうと読んだんだな」

「その通り。もし運命に導かれ、可知か真理愛ちゃんが末晴に連絡をしたとしたら、末晴はきっと現在の追い詰められた状況を話すだろう。そうなったら二人とも、うちに泊まればいいと言い出すに違いない。幸いというか、二人とも末晴を家に泊めても問題ないほど家が広く、家族の理解もある」

清彦はふむ、と悩まし気につぶやいた。

「運命に任せるのではなく、お前は今、操ることもできるポジションだな。そういうことをするほうがお前の好みと思っていたが？」

「さっすが叔父さん、よくわかってるぜ」

哲彦は思わず笑みを浮かべた。

「それならなぜやらない？　二人のどちらかに情報をリークするだけだろう？　三分でできるが？」

実の母より、母の弟である清彦(きよひこ)に哲彦(てつひこ)は親近感を覚えずにはいられなかった。

（この発想——オレはきっと、叔父さん似だ）

「そこなんだがさ、叔父さん」

哲彦(てつひこ)は肘かけにもたれ、手の甲の上にあごを置いた。

「オレは均衡状態が一番望ましいんだ。でも志田(しだ)ちゃんのいるラインまで可知(かち)と真理愛(まりあ)ちゃんが追い付いたら、もう終わりが見えていると思う」

「お前の言うラインとは『告白』ということか」

「そう取ってもらってもいい」

「……まあ、告白されていないのであれば、どれほど好意を示されたとしても『気づかなかったフリ』や『見なかったフリ』はできる。でもお前の言う通り、全員告白が済んでしまったとしたら、それはポーカーで言えば全員コール済みとみなすこともできるだろうな。そうなったら引き延ばしはできず、あとは結果を見るだけということか」

「普通はな。志田(しだ)ちゃんは普通じゃないから、オレの想定外のことをしでかす可能性はゼロじゃないけど」

「お前にしては珍しく高く評価したものだ」

「ま、もし計画を抜きに、私情だけで誰かを応援するなら、オレは前から志田ちゃん推しなんで」

「……それは、あの子の影響か？」

哲彦は一瞬、何を言われているか判別がつかなかった。

「お前とよく一緒にいた、幼なじみの――」

「っ！　叔父さん！」

荒げた声にも動じず、清彦は哲彦を見つめる。

「何だ？」

「……話が逸れたから戻すぜ」

哲彦は前のめりになった身体を元の位置に戻した。

「要するにオレからしたら、可知か真理愛ちゃん、私情でどちらか一方だけを応援する気はないし、オレがタレコミをすると、どちらかとの関係が深まって、終わりの時計の針を進めかねない。だからダイスを振ってどんな目が出るか、運を天に任せようってわけさ」

「……ま、その結論になるのは、わからんでもないな」

哲彦はテーブルに置いてあるノートパソコンを清彦に向けた。

「そういう状況だから、計画はなるべく早めに進めておきたいんだ。種は撒いておいたが、まだ時間はかかるし、調整も随時必要だ。気になる部分があれば言ってくれ」

「……わかった。集中したいから、コーヒーを入れてくれ」

「叔父さん、コーヒーの味にうるせぇからなぁ……」

「文句を言うな。人生の幸福の一割は、コーヒーで決まる。つまり腕が上がれば、幸福度が上がる。俺は味にうるさいのではなく、可愛い甥っ子の幸福度を上げてやってるわけだ」

「へーへー」

哲彦はぶつくさ言いながらキッチンへ向かった。

＊

「シロちゃん、お湯加減どうでしたか？」

私がお風呂から出てくると、シオンが声をかけてきた。

洗い物をしていたのだろう。メイド服の袖が少し濡れていた。

可知家には朝六時～二十時までの間、常に二～三人のお手伝いさんがいる。シオンはそのお手伝いさんの数の中には入っておらず、子供のお手伝いと同じ扱いで家事を手伝っていた。

シオンは私の姉妹扱いで可知家に引き取られている。そのため本来は家事を手伝う必要はない。しかし義理堅いシオンは、世話になっているのでお返しをしなければならないと強く思っていて、それでメイドの真似事をしているのだ。

　とはいえ、小学生のころからやり続けているので、家事の技能は素人を遥かに超えるレベルだ。お手伝いさんたちから伝授されたその技能は、もはやそれで食っていけるほどにまで到達している。

「とてもよかったわ。シオンも入ったら？」

「そうします」

　今、時刻は二十時を過ぎたところ。お手伝いさんも帰り、シオンとしてもプライベートの時間となる。

　ただシオンはその時間でも私に飲み物を持ってきたりする。あまり娯楽全般に興味がなく、寂しがり屋なところがあるので、飲み物を持ってくることをきっかけに私と話したがるのだ。

「…………」

　私は慎重にシオンの行き先を確認した。

（……こっちに行くなら、まず間違いなく自室に戻るはずだ）

　会話から推察するに、着替えを取りに行き、そのままお風呂へ向かうだろう。

　シオンはお風呂に入るのが大好きで、長風呂だ。一時間はまず出てこない。お風呂の準備、移動時間、もろもろにかかる時間を計算に入れると、最低でも私の部屋には一時間半は来ないはず……。

（――よしっ、このタイミングだ）

私は足早に自室へ戻ると、部屋のドアに『声をかけるべからず』の札を掲げた。

これは執筆や勉強に集中したいときなどに使う。

ただ、以前スーちゃんと電話を繋ぎっぱなしにしながら勉強をしていたところ――

『シロちゃん！　丸さんの声が聞こえるんですけど、どういうことですか！　説明してください！』

とシオンにドアをドンドンと叩かれたことがあるのだ。そのため先ほど、シオンのお風呂のタイミングを確認していたというわけだった。

（……スーちゃんに電話をしよう）

私はそう心に決め、執筆するときに座る椅子に腰を下ろした。

（……桃坂さんのように、人前でベタベタするのはとても恥ずかしくて苦手だ）

でも、決め手が思いつかない以上、現状はとにかくスーちゃんとの接触回数を増やすしかない。そうなると私が持つ手札で一番有効なのは、『通話をしながら勉強する関係ができている』ことだ。

私は一応、今日みんなで図書館で勉強した際、『この問題についてうまくまとまってる参考書が家にあるから、見てみるわ』と言って、連絡がしやすい下地を作っておいた。

シオンの邪魔が入らない隙に、この札を切って少しでも会話をしよう。

私は心に決め、スーちゃんに電話をかけた。

メッセージのやり取りのほうが気軽だ。でもメッセージでのやり取りはすぐに終わってしまう可能性がある。

二人の仲をもっと発展させるなら会話のほうがいい。私も会話のほうが好きだし。

そんな狙いで電話をかけていた。

コールの音が、私の心臓を加速度的に弾ませる。

スーちゃんと会話をするのは、さすがに慣れてきた。でも電話となると、いつまで経ってても慣れない。

声だけ、というのが私の想像力を刺激しているのかもしれない。

私は正直なところスーちゃんの声も大好きなので、声を聞きながら勉強しているだけで時々、

（あ〜、好きすぎる……）

と冷静に考えてしまったあげく、密かに悶絶してしまうこともある。もちろんこれは誰にも言えないことだけれども。

そういった事情もあり、私はスーちゃんに電話をかけているだけなのに、手に汗をかくほど緊張してしまっていた。

普段よりもコール音が続き、ひとまず諦めようかと携帯を耳から離したタイミングで、電話は取られた。

「もしもし」

「っ！」

何度電話をかけても、最初の一声を聞いた瞬間、私のテンションは跳ね上がってしまう。きっと誰かが見ていたら『にやついている』と言うかもしれない。

もちろん私はうら若き乙女。誰にもそんな顔を見せるつもりはないが、自分の部屋にいるときぐらいはその恍惚感を堪能してもいいだろう。

「こんばんは、スーちゃん。今、大丈夫だったかしら？」

私は一秒で『スーちゃんに見せたいクールな私』に戻り、さりげない言葉を投げかけた。

しかし——

「あー、うん、大丈夫と言えば大丈夫だし、大丈夫じゃないと言えば大丈夫じゃない、かな……」

「えっ？」

要領を得ない回答に、私は素早く喰いついた。

「スーちゃん、どういうこと？」

だってこれは、会話を広げるチャンスなのだ。それにスーちゃんが今どうなっているのか、純粋に興味もあった。

「どう言えばいいのかな……」

「ありのまま話して欲しいわ。大丈夫、秘密なら守るし、どんな内容でも受け止めてみせる」

「まあそんなたいしたことではないんだけど――」

そう言ってスーちゃんの口から出てきたのは、私にとって『たいしたことではない』とは到底言えない内容だった。

「じゃあ今、家出をして、あてもなくさまよってるってことなの⁉」

「そうなんだ。さすがに歩き疲れてきたし、腹も減ったし、充電も心もとないからさ。どっか駅前のチェーン店にでも入ろうかなと思ってるとこ」

こ、こここ、これは……。

大チャンス、ではないのだろうか⁉

これは天の配剤。運命が私を選んでいるに違いない。

でもこのチャンスを逃さないよう、頭をフル回転させ、できる限りの積極性で押し切るのだ。

こういうときほど、がっつくのは良くない……。

（お、落ち着け私……）

「スーちゃん、よければ……私の家に来る？」

「えっ⁉」

「だってスーちゃん、行くあてないんでしょ？」

「そ、そうだけど、さすがに女の子の家にお世話になるのは……」

このくらいの回答は想定済みだ。スーちゃんが私や桃坂(ももさか)さんを頼らなかったのは、この心理的ハードルがあるからに違いない。

それを一つずつ外していけばいいはずだ。

「ほら、スーちゃんもうちに来たことがあるからわかるでしょ？　私の家、空き部屋がたくさんあるのよ」

「それは確かに……」

「家に来るって表現で誤解させちゃったかもしれないけど、もちろん私の部屋ってわけじゃないから遠慮しなくていいのよ」

「そ、そうだよな」

安堵している……でも、ちょっと残念そうな気配も感じられる。

つまりスーちゃんは私と同じ部屋に泊まる期待を少しはしてくれた——となると、やはり私にも十分恋人になれる目がある。

やはりこのチャンスを最大限に活かすしかない。志田さんに対抗するために。

「うちは家事をお手伝いさんにしてもらってるし、一人くらい増えても問題ないわ」

これは軽い牽制だ。

もし志田さんや桃坂さんを頼った場合、家事は家族がする。そのほうが申し訳ない展開なのではと、スーちゃんに理解してもらうのだ。

実際、志田さんや桃坂さんの家に比べると、私の家は突然の来客に向いている。元々パパがいつ来客があってもいいよう想定して家を構えているし、お手伝いさんもいるからだ。

（凄い……風が吹いているのを感じる……）

トドメを刺すのは今だ。

そう思い、私は殺し文句を告げた。

「私、スーちゃんにはお世話になっているから恩を返したいの。今回はいい機会だから私に恩返しをさせて。…………ね、ダメ？」

「んぐっ⁉」

最後の『ね、ダメ？』は思い切っておねだりするように言ってみた。本来ならそういう媚びるようなことは私の主義に反するが、志田さんがあれほどのことをしているのだ。私にできそうな最大限の攻撃を放つしかないと思った。

どうやらそれはうまくヒットしたらしい。

スーちゃんは喉を詰まらせ、咳き込み、電話越しでもありありとわかるほど動揺したあげく、こうつぶやいた。

「じゃ、じゃあ……お世話になろうかな」

私はスーちゃんと合流するまでの算段をつけ、電話を切った。

「んんっっっ〜〜！」

思わずガッツポーズが出てしまったのは、言うまでもない。

第二章　ベッドの二人

＊

俺は白草の家にたどり着くと、メッセージを送った。

白草の家は塀に囲まれ、正面には監視カメラ付きの門がある。誰かの手引きなく入るのは、逮捕覚悟で挑んでも難しいような家だ。

俺が待っている場所は、正面ではなく、その正反対の位置にある裏口。白草からここを指定されていた。

雪さえ降りそうなほどの寒波にコートの前を掻き合わせて震えていると、裏口のドアがゆっくり開いた。

「あっ、スーちゃん……」

顔を出した白草が、真っ白な息を吐きながら頰を赤らめる。

外灯の光だけでも十分に目を惹く長い黒髪は艶々。ネグリジェにコートを羽織っただけという姿が妙に色っぽい。

「ご、ごめんな、シロ。突然……」

「ううん、困ったときこそお互い様よ。さ、シオンに見つからないうちにこっちへ」

白草が俺に駆け寄ってきて、手を取った。

細長く、小さいけれど温かな手。それよりも、意識している女の子に手を握られたという事実が、一気に寒さを吹き飛ばすほどの熱を生み出している。

（あっ……）

ふいに、思い出したことがあった。

「これって、なんだか昔と逆だな」

俺は白草に手を引かれながらつぶやいた。

「どういうこと？」

「ほら、シロが外に出られなかったとき、俺、シロの手を取ってこの裏口から連れ出そうとしただろ？　今はその逆だな、って」

「あっ……」

屋敷を壁沿いに進んでいるので、白草は窓からの光で照らされている。

その横顔が、朱に染まっていくのがわかった。

「……ロマンティックね」

おそらく返事を求めていなかったのだろう。白草は誰もいない正面を向いてつぶやいた。

ロマンティックという言葉が残り香のように耳を支配しつつ、俺は白草に手を引かれて屋敷の中に入っていった。

＊

俺が案内されたのは、なんと白草の部屋だった。

「し、シロ……。さすがにこの時間に……」

「とにかく入って、スーちゃん」

思わず気後れした俺だったが、白草は真剣な顔だ。

不埒なことを考えてしまった自分を恥じ、とにかく入ることにした。

「っ……」

シャンプーの香りが鼻腔をくすぐる。

黒羽の部屋もそうだったが、明らかに男の部屋と匂いが違う。脳を震わせる特別なアロマでも使っているのではないかと思うほどだ。

(俺、今、とてつもない場所にいるんじゃないだろうか――)

だって白草は初恋の子だし、女子高生芥見賞作家で、雑誌のグラビアにも登場するくらいの美人だし、いつもクールで澄ましていて近寄りがたいオーラを出していたし、そんな女の子の部屋に、しかも夜に二人きりでいるなんて――

そんな考えが頭をぐるぐると回る。

ダメだ、現実を認識しようとすればするほど、鼻血が出そうになってきた。

白草はさらりと部屋の鍵をかけると、ハンガーを掴んだ。

「あっ、スーちゃん、適当なところに座って」

そう言って自身はコートを脱ぎ、ハンガーラックにかけた。

問題は下から出てきたのが、ひらひらのネグリジェというところだ。

しかもベッドに腰かけ、さらっと黒タイツまで脱ぎだす。

……あまりの破壊力に、俺は天井を仰いだ。

どうも白草的にはネグリジェをパジャマと同格にみなしているように見える。

だが俺の認識は違う。

ネグリジェはパジャマよりエロい。もちろんデザインにもよるが、白草が今着ているのは薄手のドレスに近い可愛らしいタイプ。じっと見つめれば下着が透けて見えるかもと思えるようなものなのだ。

「天井なんて見て、どうしたの？」

「シロ、さすがにその格好は油断しすぎだと思うから、何か羽織ってくれないか？」

「そうかしら？」

白草はたまにお嬢様らしい無頓着さがある。それは欲望を持った男から見ると、『隙』ともとれるだろう。

普段のクールな言動と、厳しい目つき。それらに隠された彼女の魅力的な肉体が、透けそうな布に包まれただけの無防備な状態でさらけ出されている——そのギャップは反則だ。男子高校生の脆弱な理性を考えれば、この無頓着さはもはや犯罪的と言えるだろう。俺が父親だとしたら、自分の魅力を自覚し、身体を大切にしろと説教したいところだ。

(こんなの襲ってくれと言わんばかりじゃないか——)

いや、白草に打算は感じられない。ただ『無垢』なだけなのだ。

そう考えると、さらに魅力が増して感じられるから恐ろしい。

一つ大きく深呼吸すると、まだ理性がちゃんと残っている間に言っておかなければ——と思い、俺は言葉を絞り出した。

「俺だって男子高校生だし……その格好はかなりキテるから……その、自重を……」

正直なところ、妙な表現になっていたと思う。

でも偽らざる気持ちを伝えようとしたら、そんなセリフしか思いつかなかった。

「そ、そう……?」

声色が明るい。

俺は白草から顔を背けているので表情はわからないが、幸い変な風に受け取られなかったようだ。

もし万が一——

『スーちゃん、えちぃこと考えてるでしょ？　スーちゃんが困ってるから助けようとしていたのに……最低だわ』

なんて言われてしまったら、俺はこの寒空の中だろうと、ダッシュで逃げ出したくなっただろう。

「な、なに？　スーちゃん、意識しちゃってるの？」

不器用な感じで、白草が挑発してくる。

これ、黒羽が同じような状況になったとしたら、こんな感じだろう。

『ハル～、あれ～、どうしたの～？　あ～、わかった～。お姉ちゃんのこと意識しちゃったんでしょ～？』

とニヤニヤしながら言い、すさまじい色っぽさで心臓をわしづかみにしてくるに違いない。

また真理愛だったらこうだ。

『あらあら～、末晴お兄ちゃんはついモモを意識しちゃったんですね、わかります！』

という感じでイラっとさせつつ、ベッドに寝そべったりして脳を揺さぶってくるだろう。

黒羽や真理愛レベルの可愛くて魅力的な子から積極的に誘われたら、脳が溶けてそのまま身を任せてしまいたいような衝動に駆られる。

でも白草の場合は逆だ。

不器用な言い草が、男心に火をつける。

いじらしくて、可愛らしくて、抱きしめてしまいたい衝動に駆られるのだ。

「み、見たいなら見てもいいわよ？　ほ、ほら、こっちを見て、スーちゃん」

たどたどしい口調。白草自身が物凄く恥ずかしがっているのがわかる。

そしてその恥ずかしさが伝わってきて、俺もまた顔が真っ赤になっているのが自覚できた。

「し、シロ、からかうなって……」

「か、からかってなんかないわよ？」

「でも声が震えてるし……」

「い、いいからこっち向いて、スーちゃん！」

ムキになってしまったのだろう。

白草は俺の肩に手を置き、無理やり俺を自分のほうに向けさせようとした。

「あっ」

「あっ」

だが俺としては、白草がそこまでしてくるのは完全に想定外だった。

思わぬ方向から引っ張られ、足がもつれてしまう。

倒れるのは白草のいる方向だ。

白草が自分のほうを向くように肩を引いたのだから自然とそうなる。

俺と白草はぶつかり、そのまま倒れ込むことになった。

これは運がいいのだろうか、それとも悪いのだろうか。

俺が覆いかぶさる形で倒れ込んだのは、巨大なベッドの上だった。

「――っ！」

何も知らない人がこの場面を見たら、俺が白草をベッドに押し倒したようにしか見えないだろう。

俺が、夜、白草（初恋の子）を、白草（初恋の子）の部屋のベッドに押し倒している。

まるでアナグラムだ。あまりにも非現実的すぎて、現実に妄想が追い付いていない。

そのせいか、俺は固まってしまっていた。

「…………」

「…………」

ちょ、どうして白草は動かないんだよぉぉぉ！

たぶん一言『きゃっ』とか『離れて』とか言われれば現実に戻ってこられる――と思う。

でも白草は照れくさそうに視線を横に逸らしているだけだ。

可愛らしく両手を胸の上で合わせて何かを待っているような仕草に、本当にマジで理性を溶かされて勘違いしそうになる。

「シロ……」

「スーちゃん……」

意味もなく、名前を呼び合ってしまう。

本当は『シロ、ごめん。俺、すぐにどくから』みたいな言い訳をしようと思って『シロ……』と言ったはずだった。

なのにこれ、この場面だけ切り取ると、『シロ、このまま先に進んでいいか？』を省略したように見えないか⁉

たぶん白草も同じ風になっているんじゃないだろうか。

『スーちゃん、どいて』と言おうとしたが、恥ずかしくて『スーちゃん……』とまでしか言えなかった。

きっとそういうことなのだろう。

「ぁ……」

「ん……」

ダメだ、緊張しすぎて声がうまく出ないし、動くこともできない……。

鼓動に合わせて血管が収縮していることが感じられる。心臓が強く跳ねすぎて、血が通常の何倍もの勢いで駆け巡っているのだ。

息が荒くなる。でも苦しいわけじゃない。甘い快感が全身を貫いている。

白草の部屋の匂いと、ありえない状況と、互いに漏れ出る熱い吐息。

しびれるような空気の中、白草がゆっくりと唇を動かした。

「スーちゃん、大好――」

「――シロちゃん！」

うっ、このドア越しに聞こえてきた声は……。

「シロちゃん以外の気配がするんですが、誰か来ているんですか⁉」

ゴンゴン、とドアがノックされる。

この声、遠慮のない行動。

紫苑ちゃんであることはすぐにわかった。

俺と、俺に押し倒されている形の白草が、ドアを見やって眉間に皺を寄せる。

互いに何も言わなかったが、『黙ってスルーしよう』で気持ちが一致した気がした。

「もしかして……丸さんがいるとかないですよね？」

「⁉」

ちょ、俺たちは物音一つ立ててないぞ⁉　なぜ紫苑ちゃんはそんなことわかるんだ⁉　勘が良すぎるにもほどがあるだろ⁉

「……シオンって、匂いに敏感なの」

白草は消え入るような声で言った。

「えっ⁉」

「スーちゃんの匂いを嗅ぎ取ったんじゃないかしら」

廊下まで俺の匂いがした⁉　紫苑ちゃんは犬属性っぽいと思ってたけど、鼻がそこまでいいのは予想外すぎるんだけど⁉

「離れなきゃ――」

俺は突っ張った腕を動かそうとした。

しかし長いこと同じ姿勢でいたせいで、腕がしびれてしまっていた。

「っ！」

手を滑らせ、白草の胸に顔からダイブしてしまう。

「スーちゃん⁉」

「⁉　丸さんがいるんですね！」

ガチャガチャと鍵を外す音が聞こえる。メイドだからか、紫苑ちゃんは白草の部屋の鍵を持っているようだ。

「スーちゃんを隠さなきゃ……⁉」

「むぐぐ！」

白草から頭を抱きしめられる。腕がしびれて脱出できず、息ができないせいで意識が飛びそうになる。

ただし苦しさなどはない。……いや、むしろこの上なき多幸感！　これほど幸せな死に方があるだろうか？

ああ……お花畑が見えてきた――

「もも、もうダメ……」

カチャリ、とドアが開く音が耳に届いた。

「…………」

「…………」

俺は顔を白草の胸に押し付ける格好になっているから見えないが、なぜか二人は無言だった。

「シロちゃ――！」

「――ストップ！」

しゃべりかけた紫苑ちゃんを、白草は強い声で止めた。

「シオン……わかるわね？　今、とても大切なときなの……。もしパパに言いつけたりするなら……相手がシオンでも……想像もしたことのないような地獄を味わわせるわよ？」

「あ、総さーん！　シロちゃんが丸さんといかがわしいことをーっ！」

「えっ⁉　ゼロ秒で裏切るの⁉」

白草が俺を放り出し、ダッシュで紫苑ちゃんを追いかける。

俺の天国で地獄なハプニングは、紫苑ちゃんの介入によりあっさりと終わりを告げた。

＊

すぐさま白草が追いかけたことにより、紫苑ちゃんは口をふさがれた状態で身柄を確保された。

どうやら紫苑ちゃんが総一郎さんの名前を呼んだのは威嚇に近い意味だったらしい。総一郎さんはここから少し離れた自室にいるため、この部屋で騒いでいてもまずバレないとのことだ。

「シオン……私、言ったわよね？　邪魔をしたら許さないって……」

現在、紫苑ちゃんはハンカチで手を縛られ、ベッドに座らされている。その正面に立つ白草は両手を腰に当ててお怒りなわけだが、クマさんがあしらわれたピンクのパジャマ姿の紫苑ちゃんはまったくへこたれていなかった。

「シロちゃんに何と言われようと、わたしは総さんにご恩があり、この家で働いている身。シロちゃんにも多くの恩はありますが、だからといって総さんにひめゴトはできません」

「本音は？」

「丸さんがピンチになるほうを選ぶに決まってるじゃないですかー」

あいかわらず紫苑ちゃんは主義を貫徹できないというか、本音がポロポロ出てしまうというか……。

紫苑ちゃんは白草至上主義だが、同時にアンチ俺と言うこともできるだろう。

白草と俺が近づくのが嫌な紫苑ちゃんだ。懐柔は難しいか……。

「シオン！」

怒り心頭の白草は紫苑ちゃんの腰をくすぐった。

「きゃははは⁉　やめっ、やめてください！　シロちゃん！」

「シオンが黙っていると約束するまでやるわよ？」

「わ、わかりました！　や、約束しますから！」

くすぐるのを止めると、白草はじっと紫苑ちゃんの目を見た。

「本当よね」

「本当です」

ここだけ見ると、女二人の美しき友情って見えるんだけど、俺的に紫苑ちゃんはまったく信用ならないんだよなぁ。

白草が紫苑ちゃんの手を縛るハンカチを緩めているところに俺は話しかけた。

「で、紫苑ちゃんはこの後どうするんだ？」

「総さんに報告に行きますが？」

「…………」

「…………」

「…………」

緩めて外しかけたハンカチを無言で白草が結び直す。

紫苑ちゃんは涙目で言った。

「ハメましたね、丸さん⁉」

「こんなに素直に言うと俺も思ってなかったよ⁉」

まったく紫苑ちゃんを相手にしていると疲れるな……。

「わたしのような天才をハメるなんて、やるじゃないですか！　まぐれとは言え、褒めてあげましょう！」

「……さて、シロ。どうしような」

「……ホント、どうしたものかしら」

俺と白草は紫苑ちゃんから距離を取り、ヒソヒソと相談を始めた。

紫苑ちゃんに付き合っていたらいつまで経っても話が進まない。まずは二人で対策を決めよう。

「紫苑ちゃんってさ、口止め通用するのか？」

「私が言えば大体守ってくれるのだけれど、スーちゃん絡みとなると……」

「難しいか」

「ええ。甘い想定はしないほうがいいと思うわ」

ヒソヒソ話はどうしても顔が近くなる。

吐息が少し耳にかかって、ドキリとした。

「何を話しているかわかりませんが……丸さん！　シロちゃんに不埒な思いを抱きましたね！」

……どうしてこの子はそういうところだけ鋭いかな。

「ソンナコトナイヨー」

「シロちゃん、聞きましたか！　この猿芝居！　丸さんは邪な劣情を抱いています！　危険人物なんです！　だから——」

「やめて、シオン」

とても落ち着いた声で白草は言った。

「それの何が悪いの？　確かに男の子のそういうところ、好きじゃないわ。でもスーちゃんなら嫌じゃない」

「え？」

今、もしかして俺、凄いこと言われてるんじゃないだろうか……？

白草は俺の劣情を否定しない。

率直に表現するなら『エロいことOK』としか聞こえない。

それの意味することはつまり……俺に好意を持ってくれているというわけで……。さらにはその先までOKと言っているとも取れ……とても手が届きそうにないと感じていた、白草を抱きしめたりすることも可能になってくるかもしれない……のか……？

「スーちゃんは私にとって、大切な人なの。スーちゃんのことなら、すべて受け止めたい。だからシオン、そんな風に言わないで」

……なるほど！

なるほどなるほどなるほど……うん、やっぱり！

危ないところだった……結局のところ白草にとって俺は『恩人』ということなんだよな……。引きこもりはその人の人生さえ左右する大きな問題だ。そういう意味で考えれば、白草が俺を『命の恩人』として見るのもおかしくない。それは好意の中でも、最上位のレベルに位置していることはわかっている。

でも、やっぱりこの言い草って……ちょっと恋愛とは違うような……。

（落ち着け、俺……。今、俺は家出をして、シロを頼っているんだ……）

お世話になろうという人に邪な視線を向けるのなんてもってのほかだし、礼儀を尽くさなければならないだろう。

白草と夜に二人きりになって、部屋でいい雰囲気にもなった。だから危うく勘違いをするところだった。

一宿一飯の恩義って言葉もあるじゃないか。

俺はむしろ紳士となり、きっちりと白草に感謝の意を示すべきだろう。

「紫苑ちゃん、君が俺のことを嫌っているのは知っている」

「何ですか、丸さん。突然」

「俺は事情があって、シロを頼っているんだ。決してやましい気持ちで今、ここにいるわけじゃない。今までの関係上、紫苑ちゃんが俺のことをなかなか信じられないのも無理はないけど、せめて事情くらいは聞いてくれないか？」

紫苑ちゃんはいつもの寝ぼけているような目を細めた。

「丸さん、悪いものでも食べましたか？」

「懸命に誠意を伝えてるつもりなんだが……」

「……………まあ、嘘はついてなさそうですね」

真剣に語りかけたことが通じたのか、紫苑ちゃんが珍しく俺の言葉を素直に受け取ってくれた。

「じゃあとりあえず聞かせてもらいましょうか。事情とやらを」

「ああ」

というわけで俺は、親父と喧嘩し、家出したことについて紫苑ちゃんに説明した。

「……つまり親父はさ、親ってことの特権を使ってさ、俺に説教したいだけなんだよ。そりゃ俺は今高校生だから、親父に扶養されてるのはしょうがないってところはある。でもそれを人質にして、まったく認めようとしないのはさすがに腹が立ったんだ」

白草は俺に同調した。

「私もスーちゃんの話を聞く限り、スーちゃんが憤るのも無理はないと思って……。スーちゃんは一度失意のどん底にあって、そこからここ半年でようやく復帰してきたのよ。なのに中途半端っていうのは、私も納得がいかないわ。もちろんお父様はお父様なりの心配をして、だからそういう言葉も出てしまったんだろうって思っているんだけれど……」

「心配？　シロ、あいつはそんなんじゃないって。それならどうしていつも出張ばかりで、家を空けてるんだ？」

「それは……」

「そういうわけで、俺は理不尽なことを言われて、親父に怒ってるんだ。謝ってくるまで顔も見たくないね。ま、どーせ、手首の怪我が完治したらいなくなるからさ。一週間くらいだけ、何とかお願いしたいんだ」

「……わかりました」

おとなしく話を聞いていた紫苑ちゃんが、ゆっくりと顔を上げる。

そこにあった表情は——激怒だった。

「丸さんは、最低です」

いつものおバカな紫苑ちゃんと違う。

冷静でシリアスで、重みがあって。

呪詛の言葉と言えるほどの憎しみがこもった一言だった。

「丸さんのお父さんが働いてなくて、お父さんが丸さんを気にかけてない？　はっ！　これだから丸さんはおバカなんですよ。お父さんがお父さんが働いてなくて、丸さんは生活できるんですか？　国民的子役と言われたときの貯金がたくさんあって、実は遊んで暮らせたりするんですか？」

「……いくらあるかは知らないが、以前自分で稼いでいたってことで、お小遣いはちょっと多めに貰ってるけど」

「じゃあ生活できるほどではなさそうですね」

「そこは本当にわからないんだ。ただ、かつて母さんは専用の口座に貯金しておいて、社会人になったら渡すって言ってくれてた。親父は母さんを人一倍愛してたから、今の仕事にのめり込んでるって面もある。だからきっとそのまま保管してくれているとは思う」

「いいお父さんじゃないですか！　しかも亡くなったお母さんをそれほどまでに愛してる？　尊敬できるお父さんですね！　何が不満なんですか！」

「紫苑、ちゃん……？」

どうしてしまったのだろうか。なんだか紫苑ちゃんっぽくない。

俺の袖を引き、白草が耳元でささやいた。

「シオンはご両親が離婚し、お父様に育てられていたの」

「っ！」

そういえば以前、そんな話を聞いたことがあった。

「お母様は性格に問題があったらしく、シオンはお母様を憎んでて……。その反動でシングルファーザーとなったお父様を敬愛していたわ。でもそのお父様が病気で亡くなってしまったから……」

そうか、それが原因で総一郎さんは紫苑ちゃんを引き取り、白草の姉妹同然で面倒を見ているんだった。

「素晴らしい家族がいるなら、家族のところに帰るべきです！　違いますか！」

……俺は紫苑ちゃんの地雷を踏んでしまったのかもしれない。

紫苑ちゃんにとって父親は敬愛すべき存在。もちろん母親のことを憎んでいるそうだから、無条件で家族は素晴らしいと思ってはいないだろう。

しかし俺の親父が母さんを愛しているのは確かだ。この点だけでも紫苑ちゃんにとって俺の親父は素晴らしい父親に見えるだろう。

紫苑ちゃんからすれば俺は『いい父親がいるにもかかわらず、わがままで家出してきて、しかも自分の大好きな白草にちょっかいをかける最低男』となってしまう。

俺は紫苑ちゃんに絶賛される立派な人間にはなれないだろうけど、もう少し誤解を解いてきちんと向き合いたいんだがなぁ……。

「丸さん、喧嘩している場合ですか！　喧嘩が誤解かもしれなくて、話し合える余地があるのなら、ちゃんと話し合うべきです！　わかってますか！　人なんていついなくなってもおかしくないんですよ！」

「！」

びっくりするほど、紫苑ちゃんは俺の急所を突いてきた。

――ああ、そうか。

今、気がついた。

俺の身近な人間で、俺と紫苑ちゃんだけが共通しているものがある。

「――わかるよ」

俺はゆっくりと告げた。

「俺も、母さんを亡くしているから」

そう、俺と紫苑ちゃんだけが共通しているものとは、親を片方亡くしていること。しかもただ亡くしているだけじゃなくて、話を聞く限り、紫苑ちゃんも俺と同じく間近で親の死を目撃している。白草も母親を亡くしているが、それは生まれたときだからちょっと違う。

　身近な人の死を見ることが自分の考えに、人生に、どれほどの影響を及ぼすか俺は知っているつもりだ。周囲から絶賛されたものすら捨てることになったのだから。

「――っ！」

　ここで紫苑ちゃんはようやく俺たちの共通点に気がついたようだ。

　ハッと顔を上げ、舌打ちをして唇を噛んだ。

「わかってるなら、どうして……」

「紫苑ちゃんってその感じだと、お母さんと話すつもりないだろ？」

「わたしのお母さんはお父さんを騙して捨てた最低の人間です！　丸さんのお父さんとは違うじゃないですか！」

「確かに親父はそこまではひどくない。でも、思うところがあるんだ。少し時間をくれないか？」

「…………」

　場は沈黙に包まれた。

　俺は今、紫苑ちゃんと出会って初めて、話ができてよかったと思っていた。

　考えてみれば、同世代に親を亡くした人間はいなかった。紫苑ちゃんの気持ちを聞いて、親の大切さや人の儚さを俺は思い出した。

つい忘れてしまうことだけれど、大切なことだ。親父については怒り心頭で冷静になれずにいたが、今ならちゃんと考え直せるんじゃないかって思う。

俺が紫苑ちゃんの様子をうかがっていると、紫苑ちゃんはいきなり舌をべーっと出した。

「──嫌です」

「はっ？」

「言い訳は聞きたくありません！　丸さんはさっさと自分から謝りに行ってください！　そもそも、丸さんの邪な情念が詰まった穢れた空気は、シロちゃんにとって毒です。そうだ、わたしから段ボールをたくさん進呈します。それを使って橋の下で暮らすというのはどうでしょうか？」

「さりげなく俺を邪な情念の塊みたいな言い方しないでくれる？」

「ううぅぅぅ！　頬を引っ張るのは反則ですぅぅぅ！」

俺はびよーんと紫苑ちゃんの頬を伸ばしてやった。面白い顔になるので、ざまぁみろ感が湧いてきて爽快でたまらない。

手をハンカチで縛られている紫苑ちゃんは、足で攻撃してきた。

「このスケベ！　最低男！　抵抗できない女の子にそんな横暴をして楽しいんですか！」

「楽しいねぇ」

紫苑ちゃんは相当可愛い部類に入る。おとなしくしていれば、の条件付きだが。

しかも生意気で口が悪く、自称天才で俺に敵意丸出し。そんな子に悔しそうな顔をさせられるなんて、楽しいに決まっているじゃないか。

「くっ、丸さん、まさかわたしにまでいやらしいことをしようと企むとは……っ！　わかりますか、シロちゃん！　わたしはとてもとても可愛いですが、シロちゃんとわたし、二人同時に手籠めにしようという、この丸さんの際限なき性欲と野獣性は異常です！　もはや真なる獣……いえ、最強の性欲モンスターなんです！　丸さんの正体はわたしの天才的な洞察力で暴きましたので、今ここで気づいてください！」

「誰が性欲モンスターだコラ」

「ぐぬぬっ！　ギブギブ！」

相手は女の子だが紫苑ちゃんだ。容赦などいらない。

俺が紫苑ちゃんにアイアンクローをかますと、すぐにギブアップしてきた。

「紫苑ちゃん、ごめんなさいは？」

「はんっ！　このわたしが丸さんに謝る？　何も悪いことしてないのに？　ご冗談を」

「じゃあもう少し力を強くして、と」

「いだだだっ！　ごめんなさいわたしが悪かったです許してください」

「あいかわらずすぐヘタレるよな。でもそれ、負けたフリで、すぐマウント取ろうって企んでるんだろ？」

「……ギクリ」

「いやいや、そのわかりやすさ、助かるな～。これで思う存分やることができる」

俺は両手の指を滑らかに動かした。

「限界までくすぐるから。途中で止めないから」

「あ、あの！　じょ、冗談ですよね？　丸さん、こんな可愛い子に、そんなセクハラまがいなことしないですよね？」

俺は口笛を吹くフリをした。

「さぁ？　俺、誰かさんいわく性欲モンスターらしいし。そのくらいするかもなぁ？　ぐへへへっ」

あえていやらしさを強調し、威圧する。

紫苑ちゃんは顔を青ざめさせた。

「し、シロちゃん！　止めてくれますよね？」

白草はニッコリと微笑んだ。

「シオン、さっき私の邪魔をしたらどうするって言ったか覚えてる？」

「え？　あっ、あー、それは……」

「……たまにはお仕置きが必要よね。スーちゃん協力するわ」

「じゃあ俺が紫苑ちゃんの手や肩を押さえているから、白草は一気にくすぐってくれ」

「わかったわ」

俺と白草が暗黒微笑を浮かべてにじり寄る。

「反省するまで――」

「続けるから――」

「いや、ちょ、ほんと、ごめっ……なさっ……」

まだ謝るのにためらいを見せる紫苑ちゃんに対し、俺と白草は冷徹にお仕置きを実行した。

「にょわ――――っ！」

だが俺と白草は紫苑ちゃんにお仕置きするのに夢中で忘れていた。

この家に、もう一人いることを。

「今の声は何だ⁉」

総一郎さんが白草の部屋に飛び込んできた。少しくらい騒いでも聞こえないところにいることは知っていたが、紫苑ちゃんの叫び声は『少しくらい』のものじゃなかった。

総一郎さんは大人なガウン姿で、あいかわらずダンディーだ。

しかしそのダンディーな横顔が、驚愕の表情のまま固まった。

現在、俺は紫苑ちゃんを拘束し、白草はくすぐり真っ最中。紫苑ちゃんはアヘ顔になって昇天しかけている。

そもそも、総一郎さんは俺がこの部屋にいる事情を知らない。いるとも思っていなかっただろう。思考を停止させるのに十分な状況と言えた。

「…………」

「…………」

「…………」

俺と白草も動けずにいた。

この有り様では言い訳すらできず、かといって逃げたり隠れたりするには遅い。

空白を裂いて、総一郎さんが口を開く。

「……その……何だ」

「特殊なプレイは、もう少し大人になってからにしなさい」

「違うんですぅぅ！　説明させてくださいぃぃ！」

この期に及んで見せる総一郎さんの聖人ぶりに、俺はカーペットに額をこすりつけた。

＊

総一郎さんは俺の説明を聞いた後、少し席を外すと言って白草の部屋を出ていった。

そしてトイレにしては長いなと感じ始めたころ、戻ってきた。

「今、マルちゃんのお父さんと話してきた」

「えっ⁉」

「パパ⁉」

「少しの間、マルちゃんをうちでお預かりすることになったよ」

驚く俺と白草に、総一郎さんは優しく微笑んだ。

「い、いいんですか……？」

恐る恐る聞くと、総一郎さんは珍しく悩まし気な表情をした。

「君のお父さんからも事情を聞いてみた。互いの話を聞いた結果、君たち親子は少し冷静になるだけの時間を置いたほうがいいと思ったんだ。だから私のほうからマルちゃんを少し預かりたいと提案させてもらった」

この聖人ぶり……あいかわらず頭が上がらない……。

「すいません、ご迷惑をおかけしてしまって……」

「こういうのはお互い様さ」

ああ、なんていい人なんだろうか。うちもこんなダンディーで知的で度量があって優しい父親だったらよかったのに……。

「総さん、わたしは反対です！」

「紫苑」

「総さんが家にいない日、夜はわたしとシロちゃんだけになります！　女だけの家に男を泊めるのはさすがに危険かと！」

「……うん、それはもっともだ」

総一郎さんは腕を組み、自分を納得させるようにつぶやいた。

「でもね、紫苑。先ほども言ったが、こういうのは助け合いが大事なんだ」

「けれど――」

「例えば私は白が不登校になってしまったころ、君のお父さんにいろいろと相談に乗ってもらった」

「⁉」

「君のお父さんは福祉事務所で働いてたこともあって、不登校についての専門家だったし、何より人格的に信頼がおけた。病気で亡くなってしまったのは、本当に惜しいことだけれども」

紫苑ちゃんはいつにない真剣な顔で尋ねる。

「では、わたしの面倒を見てくれているのも？」

「もちろんそのことが一因にある。すべての要因ではないけれど」

「……そうですか」

「他人を助けられる機会なんて、実はそんなに多くないのだよ。一応言っておくが、お金を貸すなどといった行為は長期的に見ると、私はいい関係性を保てなくなると思っているから、助け合いからは除外させてもらっている」

まあそうだろう。総一郎さんが言っているニュアンスの『助け合い』はお金の貸し借りとは違う。

「今、私には助けられる力があるから助ける。それだけだ。君たちは私に助けられてばかりと考えているかもしれないが、そんなことはない。私は君たちにも多く助けられているよ」

「そうですか……？」

俺にはそういう意識がまったくなかったため、ちょっと驚きつつ尋ねた。

「マルちゃん、君は私の娘である白を不登校から救ってくれた。これは私がいくら力を尽くしてもできなかったことだ」

「そ、そんな、当たり前のことをしただけで……」

「私も当たり前のことをしているだけだ。紫苑、君はずっと白の傍にいてくれた。私は会社経営者という立場から、忙しくてどうしても家を空けがちになってしまうが、君が傍にいてくれたおかげで白は寂しさが和らいだだろう。これも私にはできなかったことだ」

「それは総さんがこの家に迎えてくれたからで……」

「もちろん白は、元気に育ってくれた。これ以上嬉しいことはない」

「パパ……」

総一郎さんはみんなの視線の意味を了解していると言うように、力強く首を縦に振った。

「今、困っているのはマルちゃんだ。順番が回ってきた。それだけだ」

「…………」

ここまで言われ、さすがの紫苑ちゃんも反論できなくなったようで、諦めたかのように頷いた。

「ただ紫苑が言うように、私がいない日、女の子二人の家に男の子が一人いるというのは倫理上よくない。親としては配慮しなければならないところだ」

「ええ、そうです！」

紫苑ちゃんがまた元気になり、賛同する。

「そこでどう対処するかは、紫苑に任せたいと思う」

「……え？」

「私はマルちゃんを信頼しているから、そんなに目くじらを立てなくてもいいと思っているが、それでは紫苑は納得できないだろう？　そういうときは一番気にしている人間の考えで動くといいと思うんだ。どうだい、紫苑、やるかい？」

「は、はい！　もちろんです！」

「ただし、マルちゃんはうちで預かることは約束済みだ。だからうちに泊めないという選択肢はないからね」

「……わかりました」

こうして俺は白草の家に宿泊できることになった。

もう時間も遅いということでお風呂をいただき、出たころには紫苑ちゃんが客室の準備を整えておいてくれていた。

「ありがとな、紫苑ちゃん」

この子、こう見えて家事はしっかりできるんだよな。前に俺が骨折してうちに来ていたときも、家事は完璧だった。

今だってベッドのシーツには皺一つないし、電気ポットに水のペットボトル、お茶やコーヒー、軽いお菓子が並べて置いてあったりと、さりげない気遣いもできている。

なのにどうして普段はあれなのか、本当に不思議だ。

「これはわたしの役目なのでお気になさらず。ですが――」

紫苑ちゃんは寝ぼけ目を吊り上げ、ぐっと顔を寄せてきた。

「シロちゃんに手を出そうとしたら、絶対に許しませんから……っ！　ちなみに今日、わたしはシロちゃんの部屋で一緒に寝ますので！」

「いやさ、手を出すつもりないからいいんだけど、俺のいる間ずっと紫苑ちゃんはシロの部屋で寝るのか？」

姉妹同然で、白草の部屋が広いといってもさすがにしんどいだろ、それ……。

「余計なお世話です！　明日からは別の手段も講じますのでご安心を！」

ま、この点は紫苑ちゃんの好きにやらせるしかないか。俺が口を挟めば変に勘繰られるし、俺自身世話になっているんだから、白草に不埒な真似をするつもりはない。なら紫苑ちゃんがどんな対策を練ろうと関係なく、様子を見ていればいいだけだ。

「今回ばかりは、丸さんはお客様扱いなので言っておきます」

紫苑ちゃんは俺に手書きの注意事項の紙を渡すと、ドアの前まで移動して反転した。

「何かあれば何なりとお呼びください。それでは——良い睡眠を」

今、紫苑ちゃんはピンクのパジャマだ。しかしお辞儀が見事で、メイド服姿が脳裏に浮かんだほどだった。

紫苑ちゃんが去る。

俺は部屋の鍵をかけると、ふかふかのベッドに飛び込んだ。

「……どうなるんだろ、これから」

家出の果てに、幸運にも最高の宿泊場所を手に入れた。

でも根本的な解決になっていない。親父と喧嘩をしたままだ。

親父から謝らせたいが、その手段がまったく浮かばない。

かといって長期戦もダメだ。

白草の存在は俺にとって、いろんな意味を持ちすぎている。この屋敷にいると群青同盟のメンバーに知られるだけで大変なことになってしまうだろう。

(……そうか。口止めしておかなきゃ)

白草はともかく、紫苑ちゃんに口止めは絶対に必要だろう。

でも紫苑ちゃんに言うことを聞かせるには、どうすれば……。

ダメだ、段々と眠気が襲ってきた。

疲れが一気に噴き出してきて……そういえば今日、親父と喧嘩して、歩き回って、白草の部屋でドキドキして……。

「すー……」

明日のことは明日考えればいいか……。

そんなことを考えていたところで意識は途絶えた。

＊

「パパ、スーちゃんを泊めてくれてありがとう」

シオンがスーちゃんの宿泊の準備をするために部屋を出て行った後、私はパパにそう告げた。

「白は私が反対すると思っていたのか？」

「わからないけど、反対されてもしょうがないと思っていたわ」

「私は白に幸せになって欲しいんだ。私自身、マルちゃんを気に入っているし、二人の関係を応援したいと思っている」

「いいの、パパ……？」

志田さんはスーちゃんと家族ぐるみで仲がいいし、桃坂さんはお姉さんがスーちゃんととても親しい。

でもパパだって負けていない。パパはスーちゃんと仲がいいし、群青同盟の後援者的な立場にいる。応援してくれるなら大きなアドバンテージだ。

「ただし――」

パパは表情を硬くした。

「私から介入しようとは思っていない」

「……具体的にはどういうこと？」

「例えば私がマルちゃんに『白と一緒にアメリカに飛んで欲しい。大事な仕事があるんだ』とでも言えば、きっとマルちゃんは白とアメリカへ行ってくれるだろう。その間二人きりとなれば、白は圧倒的優位に立てる」

「……確かにそうね」

「でもそれはよくないと思う。自分の好きな人は、自分の力で手に入れるべきだ。そうしなければ、結ばれたとしても心の片隅に後悔が残り、それはいずれ破綻に繋がるかもしれない」

「…………」

さすがパパ、大人な言葉だ。

「今回は話を聞いて、白が行動したことによって運を掴んだから、私は協力しただけだ。私から動き出したわけではないのだから、白主導と言っていいだろう。だから何ら恥じることはない。自分を信じて頑張りなさい」

「パパ……」

私は目を潤ませた。

なんて素敵なパパなのだろう。本当に私はパパの娘でよかった。

──と思っていたところ、パパは突然左右を見回し、誰もいないことを確認すると、こそっと私の耳元で囁いた。

「ただな、学生結婚になるようなことだけはしないよう気をつけるように……。応援することとこれは別の話だからな……」

「パパ⁉」

意味がわかった私が真っ赤になって叫ぶと、パパは照れくさそうに頭を掻いた。

「ははっ、まあ、念のための忠告だ。気にするな」

足早にパパが部屋から出ていく。

「もう、パパったら……」

怒りながらも、私は頬のほてりが治まらずにいた。

（さすがにそこまで行かずとも、このチャンスに告白をしなきゃ……）

こんな大チャンス、もうないかもしれない。

しかも告白を含めて関係を進展させるチャンスを探していたときに訪れた、天から降ってきた好機。

当初はバレンタインに——と思っていたが、わざわざ二月まで待つ必要なんてないだろう。言えるときに言うしかない。

（さすがに今日は無理だ。シオンが一緒に寝るのだから）

でも同じ家にいるならば、必ず言う機会はある。

同じ家にいるメリットがどんなに大きいか、スーちゃんの看病のときで経験済みだ。

しかも今回は私の家に来てくれている。

元々引きこもりだった私にとって、家は私のホームグラウンドでありテリトリーだ。シオンが邪魔をしてきても、出し抜くことはできる。……いや、出し抜いてみせる。

それで——

『スーちゃん、好きなの』

『俺もだ！　シロにそんなことを言われたら我慢できない！』

『ダメよ、スーちゃん！　私たちまだ高校生よ！』

『でも、もう止まらないんだ！　幸いここはシロの部屋、ベッドもあるし！』

そうして私たちは、恋の特急列車に乗って、愛の終着駅へ――

「ダメ、ダメよ、スーちゃん！　でも……そう、五分だけ……五分だけなら目をつぶっていてあげるから、その間なら何をしても――」

「シロちゃん……」

ハッと目を開けると、完全にしらけ切った顔つきのシオンが私を眺めていた。

「あっ、し、シオン、スーちゃんの部屋の準備は終わったの？」

「ええ、つつがなく。……それで、シロちゃん。さっきの妄想劇場の件ですが――」

「おやすみ！」

私はベッドにダイブし、頭まで布団をかぶった。

あんなところを見られ、さすがに顔を出すことはできなかった。

＊

翌朝、俺が教室の自席で携帯を触っていると、哲彦が声をかけてきた。

「よう、お前にしては早いじゃねぇか」

「ん……まあな」

「しかもお前、朝から風呂に入ってきてるな？」

「あ、ああ、目を覚ますためにな！」

一応これ、嘘ではなかった。白草の家で朝風呂を用意してくれたので、目を覚ますために入ってきたのだ。

普段はお風呂に入るほどの時間の余裕はない。もっとギリギリに起きるためだ。

しかし朝七時ジャストに、優しいお手伝いさんのノックで起こされるなんていう上品な起こし方をされたら、たまにはいつもと違う行動をしてみようという気にもなる。

この風呂、昨夜も入ったのだが、銭湯並みに大きく立派だ。そんな湯船にわざわざ湯を張ってくれている贅沢さに、冬の寒さはいとも簡単に溶かされていった。

身体がすっかり温まって出てきたら、すでに白草と総一郎さんが食堂にいて、朝食が用意されていた。なお、紫苑ちゃんは朝はお手伝いをしていて、いつも別に食べるという。

献立はシンプルなトースト、ベーコンエッグ、サラダ、ヨーグルトといった構成だが、一品一品のクオリティが違う。

例えばトーストも、食パンが千円もするような高級パン屋で焼きたてを買ってきたと思えるようなモチモチ具合。ベーコンも厚く、舌をとろかす脂が半熟の黄身と混ざって至福のひとときを与えてくれる。

子役時代、最高級ホテルに宿泊させてもらったとき以来……いや、それを超えるような贅沢さと満足感のある朝だった。

「ほ～」

俺の呆けた顔を見て何かを察したのか、哲彦がニヤニヤと笑う。

まったくこれだけ性格が悪そうな顔してるのにモテるなんて、世の中は不条理だ。

昨夜のことを明かすわけにはいかないので、俺は表情を殺した。

「ほ～、ってなんだよ。何でも意味ありげに言えばいいってもんじゃないぞ？」

「可知か？　真理愛ちゃんか？」

「ぶっ！」

俺は思わず吹いた。

……そうか。昨夜、泊めて欲しいと哲彦の家に行ったんだっけ。

結局断られた後に連絡はしていないが、だとすると哲彦は俺がどこの家に泊まったのだろうか？　という疑問は持っているのだろう。

「その充実度だと、可知の家だろ？　どうだ、当たったか？」

「…………」

あいかわらず異常に察しがいい。

さて、どう対応すべきか。

哲彦に隠し通すことは難しい。親父と喧嘩しているって事情まで知っているのだから。

だとすると真実を明かして先に味方につけておく——って待てよ。

（そもそもなんで俺、隠そうとしているんだ……？）

親父と喧嘩して家出した。哲彦の家に行ったが断られた。そこで白草から電話があって、現状を話したら助けてくれた。総一郎さんにも了承してもらい、総一郎さんが説明してくれて、親父も了解している。

恥ずべきところなどない流れだ。

（あれ、もしかして、俺……）

昨夜、白草と二人きりで、ベッドに倒れこんでしまった——あの展開の再来を心のどこかで望んでいるのか……？　黒羽や真理愛にバレると大変な騒動になって、邪魔されそうだから隠したかった……？

（そんな気持ちがどこかにあったのかもしれない……）

ただ——これは隠しておくと、よりやましくなって事態が悪化するパターンだ。

今が最適なタイミングなのだから、素直に哲彦、黒羽、真理愛に話しておこう。

「……お前の推測通り、昨夜シロの家に泊めてもらったんだ」

「めっちゃ間があったな。やましいことでもしたのか？」

「ソ、ソンナコトナイヨー？」

「なぜかいいタイミングで主人公に因縁つけてくるチンピラだって今のお前ほど怪しくねぇよ」

「どういう例えだよ、それ⁉」

まあ俺の内心なんてバレバレってことだろう。

とりあえず正直に事の経緯を話そう、と思った矢先——

「あ、ハルいた」

黒羽が廊下から教室をのぞき込み、そうつぶやいた。

……いた？　探してたってこと？

「良かったですね。話が早いです」

……なぜ、すぐ後ろから真理愛も？　嫌な予感しかしないんだが？

「……哲彦くんも来てもらおうかな。裏情報とか知ってそうだし」

「みんなからまとめて話を聞いたほうが早いですしね」

黒羽と真理愛がちょっと来いと言わんばかりに手招きしてくる。

こんなに嬉しくない美少女からのお誘いは初めてだ。

「さ、行くか」

哲彦がニコニコになって俺の肩に手をかける。

こいつ、やっぱり人の不幸は蜜の味と思っているタイプだ——と、わかりきっていたことを俺は改めて認識した。

＊

「ハル、大良儀さんから一通りの事情は聞いてるから」

「——すいませんでしたぁ！」

部室に移動した、俺、黒羽、真理愛、哲彦の四人。

開口一番放たれた黒羽の言葉に、俺はとにかく土下座をしておくべきだと直感し、床に額をこすりつけた。

「あ、ふーん、そういう態度を取るってことは、やましい気持ちあるんだ……」

「別に謝る必要なんてないんですよ、末晴お兄ちゃん」

ニコッといつものアイドルスマイルを見せ、真理愛が俺の手を取って立たせた。

「ただ、なんでモモの家に来てくれなかったんでしょう。それについてゆっくり話を聞きたいんですが……」

「いや、単純にシロから電話が来て、事情を話したら泊めてあげるって言ってくれただけなんだ。元々泊めてもらおうとはまったく思ってなかったからさ」

「はーっ！　ほーっ！　そうですかーっ！」

真理愛は自分に助けを求めてこなかったことが大層不満らしい。

可愛らしい口を目一杯尖らせる。

「まあでも下心がないのはわかりました。それなら今日からモモの家に来てもいいですよ？」

「モモさん？　話を混ぜ返さないでくれる？」

「でもですね！」

「抜け駆けしようとしないで。さっき大良儀さんの提案に納得したばかりじゃないん？　紫苑ちゃんは黒羽たちにチクっただけじゃないのか……？」

「何だ？　紫苑ちゃんの提案って？」

「あたしとモモさんに泊まりに来て欲しいって。自分だけじゃ四六時中ハルと可知さんを見張ることができないから、だって」

「……はっ？　えっ？」

「まあいわゆる女子会ってやつですよ、末晴お兄ちゃん」

「それ、女子会じゃないだろ!?」

俺は頭を抱えた。

以前俺が骨折したとき、紫苑ちゃんが俺の家に常駐しつつ、黒羽、白草、真理愛の三人が順番に泊まりに来て、面倒を見てくれていた。

でも今度は白草の家で、骨折したときに面倒を見てくれたメンバーが一緒に泊まるということになるのか……？

（そうか、それが紫苑ちゃんの『対処』か）

総一郎さんから託された対俺の防衛策が、黒羽と真理愛を白草の家に寝泊まりさせることなのだ。

「いや～、楽しそうでいいね～。せいぜい楽しんでこいよ、末晴～」

哲彦がニヤつきながら肘で小突いてくる。

こいつ、いつかぶっ殺してやるからな……と俺は心に決めるのだった。

第三章　シオンの策

＊

シオンの策——『スーちゃんだけでなく、志田さんと桃坂さんも家に泊まらせる』というのは、正直なところ私は完全に予想していなかった。せいぜいシオンが私にべったりくっ付いてくる程度だと思っていた。

もしそうだったら隙は十分にあり、告白するチャンスはたやすく摑めただろう。

だがしかし——

「うわー、あいかわらず可知さんの家、凄いね〜」

「ふふふっ、いずれ末晴お兄ちゃんと一緒に世界のスターになって、これよりも凄いモモとの愛の巣を作るのもいいですね……」

玄関に旅行バッグを持った二人が現れる。

そう、現実はお邪魔虫二人が来て、にっちもさっちもいかない状態となっていた。

「あ、可知さん、総一郎さんとはいつ会えるかな？　うちのハルともども、お世話になりますってご挨拶しなきゃ」

「志田さん？　スーちゃんはあなたのものじゃないけれど？　頭は大丈夫かしら？」

「大丈夫、正常だよ。それよりも可知さん、宿主権限を活かして、公開告白までしたあたしを差し置いて、ハルを奪おうなんて考えてないよね？」

「別にあなたが告白しただけで、スーちゃんは誰とも付き合っていない——いわばフリーだと認識しているけれど？　まさかまさか、志田さんは回答を保留されているだけで恋人面なんてする勘違い女じゃないわよね？」

「あはは、まさか〜。保留と言うより、ほとんど恋人みたいなものだから、あたしたち〜」

「うふふ、痛いわ〜。志田さん、痛すぎ〜」

「お二人とも玄関で喧嘩は見苦しいですよ？　どうせ末晴お兄ちゃんはモモのものになるのに」

「はぁ〜？　モモさん、今なんて言った〜？」

「負け惜しみだけは一流のようね、桃坂さん……」

私たち三人はにらみ合った。

「「「ううう〜っ！」」」

そんなとき、シオンが二階から声をかけてきた。

「志田さん、桃坂さん！　部屋はこちらです！」

「…………」

「…………」

「…………」

「「「……ふんっ！」」」

私たちはそれでひとまず矛を収めた。

だがこれは、無限に続く争いの始まりでしかない。

私は志田さんと桃坂さんを出し抜いて、スーちゃんと二人になる機会を探したのだが――

――こっそりスーちゃんに電話をしたら、スーちゃんの横に志田さんがいたり

――こっそりスーちゃんの部屋に行ったら、桃坂さんがいたり

――こっそりベランダを伝ってスーちゃんの部屋に忍び込もうとしたら、シオンが待ち伏せていたり

つまり、まあ……何の成果も得られていない、という状態になっていた。

「ヤバいわ……こんな大きなチャンスなのに……」

私は自室で頭を抱えていた。

スーちゃんは未だお父様と喧嘩をしたままだ。どちらからも謝る気配も連絡する気配もなく、

ずっと平行線をたどっているように見える。

ただ、すでに三日。合宿と言えばまだ通じるが、友人の家に泊まるという範囲では、そろそろ限界が来ている。パパは気にしていないが、常識的に考えればタイムリミットは迫ってきている。

(もちろん、スーちゃんとお父様との仲を取り持ってあげたい……)

その気持ちもある。

いずれ**お父様と呼ぶかもしれない人**なのだ。ここで仲を取り持ち、**がっちり好感度を稼いでおきたい**——という思いもあった。

スーちゃんにずっとここにいて欲しい感情と、スーちゃんのために仲裁をしたいという感情。

その二つが私の中でせめぎ合っていた。

「ああっ、もうどうすれば……っ！」

私はうまくいかないことで焦っていた。

そのとき、ドアがノックされた。

「シロちゃん、お風呂が沸いたので、志田さんと桃坂さんを先に案内していいですか？」

シオンの声だ。

「そうね、お願いするわ」

「了解しました。……シロちゃん、中に入っていいですか？」

「？　……ええ、どうぞ」

「失礼します」

神妙な顔をして、シオンが部屋に入ってきた。

「何かしら？」

「シロちゃんは、わたしに対して怒っていますか」

「どうしたの、急に？」

「だって、丸さんとの仲を、志田さんや桃坂さんの力まで借りて邪魔をしているので」

私は表情を和らげた。

「もちろんシオンが私の恋を応援してくれれば嬉しいけれど、別に反対されても怒るのとは違うわ。反対意見って大事だと思ってるし、それにそれとこれは別というか……。あ、それとね」

「何ですか？」

「実はシオンに邪魔されて、ホッとしている気持ちもあるのよ。前に進むということは、うまくいってもいかなくても、今とは違う場所に行くこと。今が幸せだから、一歩踏み出すのに寂しさや怖さがきっとあるのね」

「シロちゃん……」

シオンはメイド服のスカートをぎゅっと握りしめた。

「わたしの気持ちもちょっと似ています。だからシロちゃんが丸さんとくっつくのを邪魔しているって部分もありますから」

「……うん」

私とスーちゃんが付き合うことになったら、私はきっと今まで以上にスーちゃんばかりを見てしまう。そうなると、シオンと話す時間は確実に削られるだろう。

「実はわたしも、以前ほどシロちゃんと丸さんの関係に嫌悪を覚えていません。丸さんの人柄を知って、ちゃんと長所もあるってわかりましたから。まあもちろん嫌いな部分がほとんどですけど」

シオンは他人に辛らつだ。それだけにこの少しの好意的な評価でさえ、大きな進歩だろう。

カーペットを見ながら、シオンはつぶやいた。

「——シロちゃんは不器用なんですから、やることは一つに絞ったほうがいいですよ」

「えっ……？」

「丸さんにアタックすることと、丸さんの家の問題を解決すること、シロちゃんは同時にできるタイプじゃないです」

シオンは天然なところも多いが、私のことを誰よりもよく知っている人間の一人……そして、姉妹同然で暮らしてきた一番身近な味方なのだ。

「シロちゃんは、どちらを優先しますか？」

「私は——」

机に置いた写真立てが目の端に入る。

写真はスーちゃんの子役時代に撮ってもらったものだ。

写真の中でスーちゃんは笑っている。私が追い求めた笑顔だ。

（あっ、そうだ……）

私は目からうろこが落ちたような気持ちになった。

（まず優先すべきは、スーちゃんに恩を返すことだ）

告白なんてものは、私の勇気次第でどうとでもなる。やろうと思えば、志田さんや桃坂さんがいる前で告白することだってできるのだ。……まあ、そのシチュエーションではさすがにやる意味がないので、そんなことはしないけれども。

今、スーちゃんはお父様と喧嘩して家出している……つまり苦境にある。ここで手を差し伸べ、少しでも恩を返すことが最重要だろう。私は自分のことばかり考えて、目が曇っていたのだ。

「ありがとう、シオン。目が覚めたわ」

「シロちゃんが元気になれば、わたしはそれで満足です。じゃあ志田さんたちにお風呂勧めてきますね」

シオンが踵を返した瞬間、私はあることが閃いて呼び止めた。

「あ、シオン、ちょっと待って。志田さんと桃坂さんに伝言をお願いしたいんだけど」

「はい、何でしょうか？」

「お風呂、一緒に入らないかって伝えて。できればシオン、あなたも一緒がいいわ」

「……はい？」

シオンが首を傾げる。

合点はいかないようだったが、わかりましたとつぶやいてシオンはその場を離れた。

＊

彫刻のライオンの口からお湯が出ている。大理石の浴場は高級ホテルと比べればこぢんまりとしているが、優に十人同時に入れるほど広く、客に好評だ。

「可知さんの家って何もかも凄いけど、このお風呂が一番好きかも」

「モモもその感想には同意します～」

湯船につかる志田さんと桃坂さん。

私はシオンを待ってから入ったので、まだ髪を洗っているところだった。

「シロちゃん、わたしも一緒に入る意味ってなんですか？」

横に座るシオンが蛇口をひねり、コンディショナーを流す。

「……たまにはいいじゃない」

そう言って、私もまた頭からシャワーを浴びた。

私とシオンが並んで湯船に向かうと、すでに十分温まったのか、志田さんは浴槽の縁に腰を下ろした。

「それで可知さん、あたしたちをわざわざお風呂に誘った理由は何？」

お湯に浮いていた桃坂さんが、顔だけこちらに向けてくる。

私が頭にタオルを巻いて湯船に入ると、すぐ横のシオンがちゃぽんと音を立てて足を湯の中に入れた。

「スーちゃんとお父様の喧嘩、何とかしたいの」

志田さんは息を呑み、ゆっくりと脚を組んだ。

「どういうこと？　可知さんはハルを家に長く留めておきたいんでしょ？　喧嘩が続いてくれたほうがむしろ嬉しいんじゃ？」

「そういう気持ちは――なかったとは言わないわ。でも、スーちゃんとお父様の喧嘩を放ってはおけない。家族の間で不仲って、よくある話かもしれないけど、仲良くできるならそのほうが絶対にいいから、できれば力になりたいわ」

「……そういう話なら、真面目に聞きましょうか」

桃坂さんは身体を起こし、お尻を浴槽につけて座った。

「志田さん、昔からあそこの親子はあんな感じなのかしら？」

「小さいころは違ってたよ。親子三人、仲がよかった。と言っても、元々ハルとお父さんの相性はよくなくて、ハルのお母さんがうまく真ん中に立っていただけなのかもしれないけど」

「その口ぶりからすると、仲が悪くなったのはお母様が亡くなった後？」

「別に急に仲が悪くなったわけじゃないの。ハルが失意で落ち込んでいたとき、ハルのお父さんがひどいことをしたなんてことはまったくなかった」

「でも積極的に末晴お兄ちゃんのケアもしていなかった……違いますか？」

桃坂さんの問いに、志田さんは強く頷いた。

「その点についてあたしのお母さんがね、一度『親子の時間をもっと作ってあげて欲しい』って言ったことがあるの」

「お兄ちゃんのお父さんは何と？」

「『私はどうしてやればいいかわからない』『一緒にいても私はどうせ末晴の力になれない』だって」

「お兄ちゃんのお父さん、相当不器用なタイプですね……」

「想っていないわけじゃないのはわかったけれど、さすがにそれじゃスーちゃんが可哀そうだわ」

「うちのお父さん曰く、国光くん……あっ、国光はハルのお父さんの名前ね。お父さんはハルのお父さんと幼なじみで……。でね、あたしのお父さんはね、お母さんにこう言ったの」

志田さんは自分のお父様の口真似をした。

『国光くんはとても優しい男だ。けれど、昔から本当に不器用なんだ。末晴くんと一緒にいても力になれない、というのも、たぶん本当にその通りなんだ。一番大事なのは父親としてお金を稼いでくることと考えてる。それに愛し方も不器用でね。一つでも事故を減らすことが有紗さんへの供養になると思っている。そういう生き方しかできないんだ。だから、末晴くんがそういう生き方を理解できるようになるまで、ぼくと一緒に見守ってくれないか』

志田さんはそこまで言って、ため息をついた。

「なのでうちはずっと静観モードなの。うちのお父さんはハルのお父さんと五十年ぐらいの付き合いなんだけど、ハルのお父さんが変わることはないって思ってるみたい」

「とは言え今回末晴お兄ちゃんが怒ったの、モモとしては無理ないと思いましたよ？　家出をするほどかどうかは置いておくとしても、お兄ちゃんのお父さんはちょっと決めつけが多いように思います。末晴お兄ちゃんだっていろいろ考え、努力をしているのに、まったく見ようとしていないようにモモは感じました」

「そうなんだよね」

志田さんは膝の上に肘をつき、頬杖をした。

「ハルのお父さんって、悪い人ではないんだけど癖が強くて、正直、子供っぽいところも結構あるの。ま、ハルもそうなんだけど」

「だからこそ末晴お兄ちゃんも譲れないというか、自分から謝りたくないって思うんでしょうね。実際、間違ってない部分も多いですから」

話がどん詰まりに来ていると感じ、私は少し矛先を変えた。

「スーちゃんはお父様のこと、どう思っていると思う？　私は嫌っているというより、苦手って感じに受け取っているけど」

志田さんが答えた。

「あたしもそんな感じだと思ってる。たぶん親子愛はあるの。二人とも不器用で子供だからすれ違ってるだけで」

「そういう意味では、モモの両親とは違って仲良くする目はありそうですね」

私は頷いた。

確かに桃坂さんのご両親の話を聞いたとき、すぐに縁を切るべきだと感じたし、実際そうしてよかったのではないかと思っている。

でもスーちゃんの場合は違う。ただすれ違っているだけなのだ。

問題はこうして話していてもその解決方法が見えないことだろう。一番付き合いの長い志田さんやそのお父様でも有効な手立てが打てないでいるのは、かなり困難な問題であることを示す証拠だ。

「一つ、策があります」

意外な方向から声が聞こえた。

発したのはシオンだ。

「実はこの前、丸さんと親しい皆さんでも持っていない共通点を、わたしが持っていることに気がつきまして……。別にわたしは丸さんなんてどうでもいいのですが、あんまり長居されるのも嫌ですし……。たぶん丸さんとの共通点を持つわたししか思いつかない気がするので、言っておきます」

そんな前振りをして、シオンは話し始めた。

そしてそれは、全員が『やる価値はありそう』と評価した作戦だった。

＊

お風呂を出た後、私の部屋に集まって具体的な作戦計画を練った。

傍から見れば『女の子たちのパジャマパーティ』とでも映るのかもしれないが、作戦自体はかなりガチなものだ。

そして計画があらかた固まったころ、桃坂さんが話題を転換した。

「ちなみに皆さん、バレンタインについてどうお考えですか？」

「…………」

「………」

「わたしは恋愛なんて興味ないので、とりあえずシロちゃんに友チョコを贈るだけですが？」

うんまあシオンの男嫌いなんてわかっている――という感じでみんな軽くスルーした。なので私はすかさず志田さんに威嚇の視線を向けた。

私の視線を受け、志田さんが笑う。

「まあ、あたしはすでに告白済みだから、心のこもったチョコレートを贈るだけよ。ある意味高みの見物って気分かな？　せっかくだし、久しぶりに気合い入れて手作りチョコ、作っちゃおうかな～」

それを聞いた桃坂さんが私に耳打ちする。

「このまま泳がせておきますか？　たぶんひどい味のものを作って、黒羽さんは墓穴を掘ると思うんですけど……」

「でもスーちゃんはすでに志田さんの料理の下手さは知っているし、これ以上印象が悪化することはなさそうね。万が一病院送りにでもなって、私のチョコを渡せないほうが嫌だわ」

「なるほど、それはごもっともですね……。じゃあみんなでチョコを作る方向に話を持っていきましょうか」

桃坂さんはポンっと両手を胸の前で合わせた。

「別にいいけど、桃坂さんはなぜこの場で確認を？」

「モモとしては、吹っ切った黒羽さんが『バレンタインチョコは、あ・た・し』とやるパターンを一番恐れていまして」

「ああ……それは確かに……」

志田さんは公開告白ができる女なのだ。そこまでの想定をしておくべきだ。

「いざというときのために危機感を共有しておこうかと」

「了解よ。志田さんならそういう恥知らずなことをする可能性あるわね。警戒しておくわ」

「二人とも～、全部聞こえてるんだけど～？」

志田さんが闇のオーラを発して怒りを爆発させる。

「何のことですか、黒羽さん？　モモたち雑談していただけですが？」

「そうよ。あなたのことなんて微塵も関係ないわ」

「とぼけなくていいから！」

志田さんは大きくため息をついた。

「あのね、言っておくけど、あたしが今欲しているのは『時間』なの」

私と桃坂さんは視線を交わした。

「――白草さん、食事に毒でも盛りましたか？」

「――いいえ、桃坂さん。しらばっくれないで。それをしたのはあなたでしょう？」

「ああ、もう！　真面目に話してるんだから聞いて！」

志田さんは静粛に、と言わんばかりにバンバンと私の枕を叩いた。

「あたしはね、ハルと誰よりも近くにいたせいで、家族に見られていた部分があったと思ってるの」

「まあそれは——」

「隣に住んでいる幼なじみの、最大の弱点ですよね」

私と桃坂さんは頷き合った。

「もちろんずっと家族な感じから恋人的な関係に変えようと努力してきたんだけど、実際はまだ幼なじみって見ていた人も多いと思うの」

「なるほど、公開告白をしたことで周囲のそんな意識も変わってきた。その影響でスーちゃんの意識も変わってきているから、完全に変わるまでの時間が欲しいというわけかしら？」

「そう」

志田さんの言っていることは納得できるものだ。

人間は周囲からの視線で簡単に意識が変わったりする。

「モモも末晴お兄ちゃんに怒られて変わろうと決めたとき、まずしたのが髪を芸能人御用達の美容院でカットしてもらうってことでした。その結果周囲から印象よく見られ、モモ自身の性格も変わっていきました。理解できる話です」

志田さんは私と桃坂さんを正面から見据えた。

「言っておくけど、あたしはもうあなたたちとはステージが違うの。これは優越感とかじゃなくて、事実として、ね」

志田さんの言い方に、見下すような響きは一切なかった。

志田さんは極めて冷徹に事実を述べているだけ。

それだけに私の心をたやすくえぐった。

「すでに告白済みだから、焦ることはないの。むしろハルの心が固まるのを待つことが大事。当然アピールもするけど、無理にするのは逆効果になる。きちんと足をつけて、互いに話し合い、心を寄せていけばいい。だから――あなたたちがハルに告白しようと思うなら、それを止めるつもりもないの」

「「!?」」

私はぎゅっとベッドのシーツを握りしめた。

「……ふふっ、随分と余裕ね、志田さん」

「だってあなたたちが告っても、あたしにとってデメリットなんてほとんどないし」

「そうかしら?」

「可知さんでもモモさんでもいいけど、ハルに告白したらどうなると思う? すぐにオッケーが返ってくると思う?」

「「それは――」」

私と桃坂さんは思わず顔を見合わせた。

志田さんは落ち着いた様子で続ける。

「今まであたしたちが告白の邪魔をし合っていたのは、『最初に告白することで、ハルからオッケーがもらえる可能性が高いと思っていた』からだと思うの。けどあたしたち三人と関係が深まったことで、現在のハルは誰かをすぐに選べる状態にない」

「まあ、そうね」

「今、可知さんやモモさんが告白したら、ハルの答えは『考える時間が欲しい』だと思うんだよね。もしハルがあなたたちのどっちかに『オッケー』と答えるなら、あたしは今フラれているんじゃないかな？　逆にあなたたちがフラれるようなら、あたしは今ハルと付き合ってる。違う？」

「……確かに。黒羽さんの言う通りですね」

桃坂さんは愛らしい瞳を伏せ、肩から胸にかけて流れるカールした長い髪を優しくなでた。

「あたしはね、可知さんと桃坂さんがハルに告白するのは、避けられない事態だと認識しているの。もちろんハルが何かしらの決断をするまで告白してくれないのが一番好都合だけど、あなたたち、アタックをやめるつもりはないんでしょ？」

「……そりゃ、ね」

「ないですね」

「そうなると、一回や二回告白を阻止したって意味がないじゃない。その場をやり過ごしても結局あなたたちはハルに付きまとうだろうし、それなら告白を完全にブロックするなんて不可能だもん」

……志田さんの言っていた『ステージが違う』とはこのことか。

私や桃坂さんはまだ『想いをしっかり伝えなければならない』という段階だ。

志田さんはすでにそれを終え、スーちゃんの『決断の日』を見据える立場——かなり立ち位置が違う。

またスーちゃんの『決断の日』。これを志田さんは『私と桃坂さんの告白後に訪れる』と見ているようだ。

「というわけで、あたしは二人の告白自体を邪魔するつもりはないの。ただ今回の可知さんみたいに、こっそりハルを家に泊めるといった抜け駆けを見逃すことはできないけどね……」

ふふふふ、と志田さんが笑って威嚇してくる。

まあ抜け駆けを警戒しているのはみんな同じのようだ。

スーちゃんはえちぃから、無理やり押し倒すといった反則技で決着する可能性がどうしても頭をよぎってしまう。しかしそんな決着は許せない、というのは私も同感だった。

桃坂さんが口を開いた。

「ひとまず、バレンタインチョコはみんなで作りませんか？　言っておきますが、これは特別な意味があるわけではなく、別にチョコ自体で大きなアドバンテージが出るわけではないので、いっそみんなで作ったほうが変な妄想や警戒をしなくていいってだけです」

「モモさんの意見には賛成だけど、何か他の意味もありそうかな？」

「もう一つ意味があるとすれば、うちでチョコを作るとお姉ちゃんがうざく絡んできそうで……」

絵里さんは沖縄旅行などで何度もお話ししたことがあるが、豪快で包容力のあるいい人だ。けれど……言われてみれば、桃坂さんに対しては猫可愛がりしすぎている部分があった。

「ああ、それはちょっとわかるかも……」

志田さんのところは四人姉妹。なかなか繊細な部分もあるだろう。

「……わかったわ。キッチンは私の家のを貸すから、みんなで作りましょう」

私がそう告げると、志田さんと桃坂さんは目を輝かせた。

「ありがと、可知さん」

「助かります」

「気にしないで」

そう、そんなのは気にすることではない。

私が気にしなくてはならないのは──『スーちゃんへ告白できるかどうか』だ。

最初、私は今度の新作小説を渡すタイミングで告白しようと思っていた。しかしそれはシオンの指摘で、とんでもなく重く見られてマズいことに気づいてしまった。

だから作戦を変えて、バレンタインのチャンスに告白しようと考えていた。

その矢先に、スーちゃんが我が家にしばらく泊まるという大チャンス！

ならば、このチャンスを活かしてムード満点の告白を……と目論んでいたら、志田さんと桃坂さんも押しかけてきて隙がないという有様だ。

（そうなると、初心に帰って『バレンタインで告白』がいいのかもしれない）

スーちゃんがこの家にいるチャンスに告白するのは、ちょっと卑怯だ。スーちゃんはお父様と喧嘩をしていて心が落ち着かない状態だし、私は宿を提供しているということで、相対的に優位な立場にいるのだから。

（ちゃんと、告白をしなきゃ……）

志田さんのスタンスを聞いて、プレッシャーが肩にのしかかった。

焦りで手に汗がにじむ。今、愛するスーちゃんは目の前にいない。それどころか恋敵の二人と姉妹同然のシオンとともに自分の部屋にいる。

そんな状況にもかかわらず、私の心臓は異常なほど激しく鼓動し、手が震えるほど緊張していた。

＊

「はぁ……」

放課後、俺は教室の自席でぼんやりと携帯を眺めていた。

どこかでカラスの鳴き声が聞こえる。一年でも一番寒い時期のため、さすがにここまで聞こえてくる運動部の声は小さい。運動部に力を入れている学校なら違うかもしれないが、どの部も三回戦までに負けるうちの学校なんかこんなものだ。

「どうすりゃいいんだろうな……」

すでに白草の家に泊まって、五日が過ぎようとしていた。

俺は当初、贅沢な暮らしに感激し、白草が同じ屋根の下にいることにドキドキしていた。

しかしこれだけ時間が経つと、喜びよりも申し訳なさのほうが勝るようになっていた。

「さすがに何とかしなきゃ……」

俺、白草、黒羽、真理愛がひとつ屋根の下で寝起きする生活は騒々しいものの楽しい。

ただ白草と総一郎さんに迷惑がかかっている。

白草も総一郎さんも俺をとがめるようなことは言わない。

ただただ二人とも優しい。優しいからこそ、申し訳ない。

なのに現在、親父との関係改善はまったく進んでいなかった。

『お前は恵まれた状態にあぐらをかいている！　何事も中途半端なのを何とかしろ！』

わかってる。親父が言っていることはもっともだ。

まあさすがに嫉妬が少し混じっていそうなところは本気でドン引きしたが、『中途半端なのを何とかしろ』というのは図星だ。痛いところを突かれたと言っていい。

ただ俺は、もっとちゃんと話を聞いて欲しいと思っていた。

俺は中途半端だ。黒羽、白草、真理愛の間でフラフラしている。

でもクリスマスパーティの一件で、拙速は禁物だと黒羽に教えられた。

曖昧な気持ちのまま無理やり結論を出しても、黒羽は喜ばない。

だから話し合おう。少しずつどうすればいいか模索していこう。

それが俺と黒羽で合意した、現在の結論なのだ。

（せめて、そのことをちゃんと聞いて欲しい――）

でも親父は決めつけて、話を聞いてくれない。

何もかもそうだ。

『……私の怪我なんてどうでもいいことだ』


どうでもいいはずなんてない。

あの仕事熱心な親父が、仕事を休む羽目になっているくらいだ。

どうしてあんなことが言えるのか。

弱みを見せろと言ってるわけじゃない。ただ他にもっと言うべきことがあるだろう。

（――ダメだ。親父のことを考えだすと、いつもイライラしてしまう）

俺はため息をついた。

携帯の画面には親父の電話番号が映し出されている。

軽く画面を押すだけだ。それで親父と話すことができる。

でも、どうしても発信ボタンを押す気になれなかった。

「スーちゃん、今日は用事があるのよね？」

背後からそっと白草が聞いてきた。

「ああ、ちょっと陸が相談あるって言ってきてて」

白草がジト目になる。

「スーちゃん、あの不良っぽい子と結構仲がいいわよね」

「話してみると結構礼儀正しいし、面白いやつだぜ」

「へぇ、見かけによらないわね。じゃあうちに帰ってくるのは何時くらいになりそう？」

「七時には。……シロ、毎日泊めてもらってごめんな」

「気にしないでって言ってるでしょ」

そうは言われても、胸の奥が痛む。

やはり親父と関係を改善するため、具体的に動かなきゃ——

そう思いつつ、俺は学校を出た。

＊

いつも陸と待ち合わせするハンバーガーのチェーン店に行くと、意外なやつが並んで座っていた。

「げっ、なんでミドリが？」

「てめっ、スエハル！　『げっ』はないだろ、『げっ』は！」

そうやってすぐに絡んでくるから『げっ』と言ったのだが、そのまま告げるとより面倒くさいことになりそうなのでここは軽く流した。

「ちょっとびっくりしただけだって」

「随分白草さんの家が楽しいみたいだな。肌もツヤツヤだし」

「お前なぁ。結構気苦労も多いんだぞ。まあいいもの食わせてもらってるから、肌ツヤはよくなるだろうが」

「はんっ、クロ姉ぇも様子を見てくるって言ったまま帰ってこねぇし。楽しくやってて羨ましいもんだ」

　どうやら碧の機嫌は相当悪いらしい。

「おい、志田。先輩に絡むだけなら帰れよ」

　陸が眉間に皺を寄せてつぶやいた。

　どう見ても不良にしか見えない強面の陸が言うと、なかなか迫力がある。

　しかし碧はまったく怯む様子を見せなかった。

「別に、絡んでないし」

「絡んでるだろうが。見ててうぜーぞ」

「うざくねぇし！」

　こいつら結構仲が悪いな……。

　なのになんで一緒にいるんだ？

「お前らって、そもそも友達だっけ？」

　俺が聞くと、陸が肩をすくめた。

「ただのクラスメートっす。この前の朱音ちゃんの一件まで話したこともなかったっすよ」

「じゃあなんで今日は一緒にいるんだ？」

「おれが今日先輩と会うってダチと話してたら、勝手に聞いてたこいつが突然自分も連れてけって」

俺がコーラに口をつけながら碧に視線を移すと、碧はバツが悪そうにつぶやいた。

「だってクロ姉ぇからはちゃんとやってるとしか返事ないし。白草さんに聞いても、すべてが解決した時点で話すって言うだけだし」

「そりゃお前は直接関係してないから、今話しても意味ないって考えてるだけだろ」

「それはわかってるけどさ！　でも昔からスエハルと親父さんの仲が悪いの知ってるから、やっぱ気になるじゃん」

まあ、それは確かにな……。

「あと、もう一つ気になることもあったし」

「ん？　なんだよ」

「マジマがさ、今日スエハルと会うのって、進路相談なんだろ？」

陸はリーゼントに決めた髪を掻きむしった。

「ま、おれは先輩の学校を受験する予定だからな。なかなか厳しいかもしれねぇけど、モチベーション上げるためにも、いろいろ聞いてみてぇことがあるんだよ」

「……アタシも」

ポツリ、と碧は言った。

「アタシも、穂積野高校受験するんだ。まだギリギリだけど、この前の模試でやっと合格確率五十パーセント超えたから」

「おおっ！　じゃあ銀子さんは……」

「うん。受けていいって」

「そりゃよかったな！」

沖縄旅行のとき、碧は俺たちと同じ高校に行きたいと言っていた。

しかし正直なところ学力的にはきつく、当時の合格確率は二十パーセントもなかった。

あまりに合格する確率が低いんじゃ、受験する意味がない。

そう言い、銀子さんは五十パーセント以上にならないと受験を許可しないと言い渡していた。

このほど碧はようやくその目標を達成したのだ。

（まあ、実のところ銀子さんは五十パーセントを超えなくても受験させると言っていたが）

受かるかどうかは別として、後悔をさせたくないから受験は最初から認めるつもりだったそうだ。でも碧の性格上、目標があったほうがいいと思い、あえて五十パーセントの合格確率を条件として挙げたと聞いている。

碧は照れくさそうに頬を掻いた。

「うん、ありがと。受験ができることになったから、アタシもモチベーションをもっと上げたくて話を聞きたかったんだ。もちろんクロ姉ぇが帰ってきたらいろいろ聞くけど、せっかくだしスエハルの話も聞いてみたいと思ってさ」

何だよ、最初からそう言ってくれればよかったのに。変な絡み方をしてくるから、ここにたどり着くまで時間がかかったじゃないか。

「よーし！　それなら何でも聞いてくれ！　陸、お前は何が知りたいんだ？」

「えーと、なんつーか、学校の雰囲気とか。行事がどんな感じとか。あと部活とかも興味あるっす」

「そっか。じゃあ雰囲気なんだが——」

こうして俺たちはハンバーガーショップの片隅で和気あいあいと話に花を咲かせた。

それだけに気がついていなかった。

紫苑ちゃんが、こっそり俺を監視していたことに。

＊

二時間後——

話が盛り上がっても、いずれ終わるときが来る。

夕食の時間が近づいていたので、俺は碧や陸と一緒にハンバーガーショップを出た。

「先輩、今日はどっちに帰るんすか？」

「まあ、今日もシロの家の予定だけど」

「スエハルさ〜。もう五日目だろ？　さすがに迷惑じゃねーの？」

「そうなんだけどさ……」

「今ならアタシが家の前まで一緒に行ってやるからさ。自分の家に帰ろうぜ」

「ん〜、そうだな……」

俺の家と志田(しだ)家は隣同士。碧(みどり)とこのまま帰宅するっていうのも確かにありな考えだ。

一人だと踏ん切りがつきにくい。こうして碧(みどり)が勧めてくれたのは、思いもよらぬ好機と取ることもできるんだが……。

『お前は恵まれた状態にあぐらをかいている！　何事も中途半端(ちゅうとはんぱ)なのを何とかしろ！』

あー、うー……。

……よしっ、今日はやめにしよう！

明日どうするかは明日になってから考えればいいじゃないか！　そうしよう！

「ミドリ、あのな——」

俺が言いかけたのと同時だった。

「――ったく、イジイジしやがって、みっともねぇ……」

碧は怒りの炎を揺らめかせると、いきなり俺に腕を回してがっちりと組んだ。

「はっ？」

「めんどくせぇ！　お前を連れて帰る！　アタシがそう決めた！」

碧は巻き付くように身体を密着させ、俺を拘束する。

「み、ミドリ！　お、おまっ、胸！」

碧は俺の弟代わりとも言えるほど生意気なやつなのだが、肉体的には身近な美少女たちと比べてもトップクラスに豊満なのだ。

しかも元々テニスで鍛えていることもあって、あらゆるところが柔らかいだけじゃなく、瑞々しい。あらゆる部分がゴムのような弾力をもって俺の身体を跳ね返してくる。

「あぁ？　ゴチャゴチャうるせーな！　何か言ったか？　ったくウジウジしてんじゃねーよ！見ていてムカつくぜ！」

完全に怒り心頭の碧はかなり密着していることに意識が回っていないようだ。

「だからミドリ！　お前、そういうところだぞ！　男みたいって言われるのは！」

「何だとスエハル～！」

「だからとりあえず離せ～！」

「離すと逃げるだろうが～！」

俺とミドリがつかみ合いの押し問答をしていると、横にいた陸が呆れた顔をして言った。

「先輩、大変っすね」

「だろ？」

「一瞬羨ましいかもって思ったんすけど、あ、やっぱいいっすわ。色気って大事っすね」

「そうなんだよ〜」

「何が『そうなんだよ〜』だ！」

碧が俺の右腕を胸に抱え、離すまいと引っ張る。

胸の感触がダイレクトに感じられるのだが、さすがに色気のなさが致命的だ。

俺は強い理性をもって、脱出するべく碧から遠ざかろうとする。

俺の右腕を綱にして引っ張り合うかたちとなり、状況は膠着した。

「あ〜、朱音ちゃんみたいに可愛くてピシッとした子、どこかにいないかな〜。先輩ほどの知名度があれば、合コンしたい放題で簡単に見つけられるんでしょうけど」

「んなわけあるか！　以前哲彦に誘われて行ったとき、クロやシロやモモになぜか情報が漏れてて死にかけたんだぞ！」

「先輩〜。哲さんからの話ってだけで地雷って、そろそろ気づきましょうよ〜」

「でもあいつの話、まったくの嘘じゃないし、表面上はめちゃくちゃ魅力的なんだよ」

「けど落とし穴つきでしょ？　どれだけおいしそうな餌でも、落とし穴の上に置いてあるやつは取っちゃダメっすよ。そもそも先輩には志田先輩たちがいるじゃないっすか～」

「だから付き合う子を探しに行くとかじゃなくてだな――」

俺は空を見上げ、遠い目をした。

「たまにはすべてを忘れて、遊びたいときもあるんだ……」

「気持ちはわかりますけど、まあ最低っすね」

「アタシの知らないところで随分楽しんでやがるじゃないか、スエハル～！」

力をさらにアップさせ、碧が俺の腕を引っ張ってくる。

こっちはすでに息が切れかけているのに、なんてスタミナだ。

「あったまきた！　絶対お前の高校、合格してやるからな！」

「どうしてそこに繋がるんだよ！」

「別にいいだろ！」

ぐっ、もはや碧のパワーに抗いきれない……。このまま碧に連れられ、家に帰るしかないのか……。

そう諦めかけたとき――突然、俺の携帯が鳴り響いた。

「ミドリ、電話に出たいから腕を離してくれ」

「……ちっ、しょーがねーな」

碧は舌打ちし、胸に抱いた俺の右腕を見つめた。

そして時が止まったように固まった。

「……あっ、キャッ！」

お前、今更胸を押し付けていたことに気づいたのか……しかもめちゃくちゃ狼狽しているし……。

顔を赤らめてにらまないでくれ。恥じ入って自分の身体を抱きしめるとか、女の子らしい仕草をされると、こっちまで恥ずかしくなって困るんだって……。

俺はゴホンと一度咳払いをして気持ちを切り替えると、携帯の画面を見た。

電話は黒羽からだった。

「もしもし」

「ハル！　今どこ！」

「ん？　駅前の辺りだけど、どうした？」

「大変なの！　おじさんが！」

「……俺の、親父？」

「そう、ハルのお父さんが――」

心臓が嫌な感じで鼓動を速めている。

思考が働かない。

血の気が引いていくのを感じていた。

「——倒れたんだって！」

いつだって不幸が起こるときは突然だ。

どうして人間は、それを忘れてしまうのだろうか。

『——母さん！』

俺は誰よりも、いつ何が起こるかわからないってことを、身をもって知っていたはずなのに……どうして……。

＊

黒羽の話では、親父は近所の公園でトレーニング中に倒れ、救急車で運ばれたのだという。

救急車を呼んでくれたのは第一発見者の近所の人で、俺がかつて有名だったこともあり、親父のことを知っていた。そのためその人は救急車を呼んだ後、近くにいた人に協力を頼み、うちを訪問したが、当然俺はいない。その際、隣の家の銀子さんが異変に気がつき、現在親父が搬送された病院へ向かっているそうだ。そしてその途中で黒羽に電話し、俺を病院まで連れてくるように——と指示して、黒羽が俺に電話をかけてきたとのことだった。

黒羽とは俺の家で合流することになった。そのため俺は陸と別れ、碧とともに家に帰ることにした。

「走るぞ、ミドリ！」

「落ち着けって、スエハル！」

走り出そうとした俺を、碧が肩を摑んで止めた。

「何で止めるんだよ！」

「親父さん、病院なんだろ？」

「ああ！　だから急がなきゃ！」

「冷静になれって！　お前が急いだって変わらねぇって！」

「かもしれないけどさ！　急がなきゃ！」

「お前……周りが見えてないの丸わかりだぞ！」

「だからそれがどうした！」

「そんなんじゃ家に帰るまでにお前が事故るって！」

碧が手早く手鏡を取り出して向けてきた。

俺の顔が映って見える。

そこには青ざめ、目が血走り、わかりやすく理性を失った男の顔があった。

「これが……俺か……」

これほどわかりやすい証拠を見せつけられたら、理解せざるを得ない。

碧の言葉のほうが正しいのだ。

「悪い、ミドリ……。お前の言う通りにする……」

「気にすんな。お前の過去を考えれば、そうなるのは当然だ。……じゃあ行くぞ。クロ姉ぇが待ってる」

「……ああ」

碧が歩き出す。

俺は碧に引きずられるように付いていった。

碧が頻繁に振り返り、俺に注意を払ってくれる。

その細かな心遣いが嬉しかった。

＊

玄関のドアを開けると、黒羽がリビングから走ってきた。

「ハル！　……って、碧！　どうして一緒に⁉」

「たまたま今日、マジマがスエハルに進路相談するって聞いたから、付いていってたんだよ」

「そうだったの」

「クロ姉ぇから電話が来てから、スエハルってば危なっかしくて仕方がねぇ。アタシが傍にいてよかったぜ」

「……そっか。それは本当にありがと。とりあえずリビングに」

俺と碧がリビングに入ると、そこに白草と真理愛も待機していた。

そうか、黒羽も今日、白草の家に泊まる予定だった。

黒羽から白草と真理愛に事情を話し、二人も俺の家に来た――そういうことだろう。

「とにかく病院に行かなきゃ！　クロ、どこの病院なんだ？　タクシーはもう呼んだか？」

「……まず座って、ハル。状況を話したいの。お母さんからは急いで来る必要はないって言われてるから」

「どういうことだよ……」

不吉な予感が脳からあふれ出て止まらない。大量の虫が足元から這い上ってくるかのような気持ち悪さだ。

「末晴お兄ちゃん、外は寒かったでしょう。お茶をどうぞ」

温かな緑茶が真理愛から差し出される。

確かに冷えた身体にはありがたいものだ。

でも、今はそんな場合じゃないだろ。

「あのな、とにかくタクシー呼んでないなら、まずそこから――」

「スーちゃん、座って」

白草が背後から俺のマフラーを外した。

「……お願い。まず落ち着いて、お茶を飲んで」

俺はカッとして口を開きかけたが、振り返った瞬間に見えた白草の悲しげな瞳に、言葉を喉の奥で押しとどめた。

俺はコートを脱ぎ捨てて荒々しくソファーに座ると、目の前に差し出された緑茶を飲んだ。緑茶の香りが鼻をくすぐり、熱は食道を通って全身へと伝播していく。

すかさず黒羽、白草、真理愛が俺の周囲に座った。碧はソファーが埋まってしまったため、食事用の椅子に腰を下ろした。

「お母さんからはね、ハルが落ち着いてから来て欲しいって言われてるの。ほら、病院じゃ大人数で行って騒ぐと他の人の迷惑になるでしょ？」

「俺は落ち着いている」

「そうやって言う人は、大概落ち着いてないの。判断はあたしたちでするから」

三人のお許しがないと俺は病院の場所を教えてもらえないらしい。

（……はやる気持ちはあるけど、しょうがない）

三人は俺のことを思ってここにいてくれてるのだ。

無理やり飛び出したって向かう場所がわからない。ちゃんと話を聞こう。

　俺は大きく深呼吸をし、黒羽に尋ねた。

「それで、親父の今の状況は？」

「外傷はほとんどないらしいけど、どうも倒れたときに頭を打ったみたいで……。お母さんはしっかり調べてみないと何とも言えない、って」

「頭を、打って……」

　そんな……それって……母さんと同じじゃないか……。

　頭を打つのは恐ろしい。外から見て無傷に近くても、簡単に死んでしまうときがある。

「ど、どうして親父はそんなことに……」

　声が震えていた。

「ハルのお父さん、一週間ほど前から手首を怪我してたって？」

「……ああ、トレーニング中に少しひねったって言ってたな」

「ハルのお父さんは、トレーニングを再開していたみたいなの。身体を使う仕事だし、一日でも早く勘を取り戻そうとしていたみたい」

「……それで？」

「公園で遊具を利用して懸垂していたときに手首が痛んで、手を滑らせて、それで……」

　頭を打ったんだって、と黒羽は言った気がするが、最後まで耳に入ってこなかった。

「だから言ったんだ！」

俺は叫んでいた。

「もう年だから無理するな、って！　手首を怪我するなんてのも、やっぱり体力が落ちてきた証拠だろ！　だから後進を育てるようなことはできないかって……以前そういう話もあったみたいだし……そんな話をしてもさ、親父は『別にいい』って言うだけなんだよ！」

「末晴お兄ちゃん、落ち着いて……」

真理愛は急須を手に取り、俺の湯飲みに緑茶を足した。

だが気が高ぶっている俺は口をつける気になれなかった。

「――お父様のこと、大好きなのね」

白草の意外過ぎるセリフに、俺は一瞬めまいを覚えた。

「い、いや、好きとかじゃなくて、ただ自分勝手なことにムカついただけで！」

「でも凄く心配してるわ」

「そ、そりゃ一応親子だし！　親父に何かあったら、俺にもいろいろ影響が出てくるし！　でもさ、ほら、実際喧嘩して家出してたくらいだしさ！　別に好きとかじゃ――」

「大好きだからこそ、家族という近い関係だからこそ、喧嘩をするのだと思うけれど？」

「そ、それは――」

真理愛がポツリと言った。

「モモの例でわかってもらえるかわかりませんが、モモは両親と喧嘩をしたことがないですし、もし倒れたと聞いたら、たぶん喜んでしまいます」

「っ──」

あまりにもひどい両親を持つ真理愛の言葉はとても重い。

そう、親が大嫌いで、関係を繋ぐ余地もない場合は、真理愛のような反応になるのだ。

「ハル、素直になって」

「……素直って？」

俺は黒羽の言わんとしているところが掴み切れなかった。

「あたし、ハルがもっと素直になっていれば、今回の家出は起こらなかったと思ってるの」

「俺が悪いって言うのか？」

「うーん、ハルが悪いって言うより、そろそろもっと大人になったほうがいいんじゃないかなって思うの」

「例えば？」

「だってハルのお父さんって、昔から頑固で、言い出したら絶対譲らない人でしょ？」

「ああ」

だから腹が立つんだ。もっと人の話を聞いてくれればいいのに。

「ハルは、お父さんがそういう人だってこと、誰よりも知ってるじゃない。そして、どれだけ言っても、それこそ喧嘩して家出しても意見を変えないって知ってる」

「……まあ」

「ならハルがやり方を変えるしかないじゃない。ハルが大人になってうまくいなしたり、説得できる言い方に変えたりするの。ダメかな？」

「…………」

黒羽の言うことはとても正論だと思う。

親父はただでさえ頭が固く、そのまま年を取ってしまった。正直、俺がどれだけ言っても意見を変えないだろう。

ただ納得いかないのは、いつもなんで俺のほうが一方的に譲らなければならないんだ——という感情がわいてくることだ。

互いに一歩ずつ歩み寄るのならわかるけど。フェアじゃない。

母さんがいたときは違っていた。

母さんはいつでも親父ときちんと向き合い、しっかりと怒った。

『あなた！　どうしてちゃんと末晴を褒めてあげないの！』

『いや、私たちも苦労したことだし、今のうちに厳しくしつけないと……』

『確かにそれが必要なときもあるわ。でもそれはそれ、これはこれ！』

『うっ……』

『まず褒めて、伸ばしてあげなきゃ。調子に乗ったら怒ればいいのよ』

『……わかったよ、有紗』


そうか、こんな会話もあったっけ。

……って、あれ？　もしかして、今の俺は親父基準で『調子に乗った』と見えるから、親父はしつこく諌めてきている？　母さんの言葉だから、絶対に譲ろうとしていない？

だとしても、もう少し俺の話を聞いて欲しいが、母さんのことを大切にしようとするがあまり暴走気味になっているってこと、あるんじゃないだろうか……？


「――志田さん。私、あなたの意見に反対よ」

俺は白草の声に、ハッとして顔を上げた。

「どうして？」

「私、スーちゃんから家出の話を聞いて……そのときは言わなかったけど、ずっとお父様に対して思っていたことがあるの」

「……何？」

白草は息を大きく吸った。

「――スーちゃんの話、もっとちゃんと聞いてっっ！」

重苦しかった空気を吹き飛ばすような、一喝だった。

そして――なぜだろうか。

『あなた！　どうしてちゃんと末晴を褒めてあげないの！』

母さんの姿が、一瞬重なった。

「お父様はスーちゃんが学校と芸能界、両方の中間にいることを中途半端って言っていたけれど、それは絶対に違う！　これはどっちかに集中すればそれでいいなんていう単純な話じゃないわ！　だって演技はスポーツや楽器みたいに、やればやるほどうまくなるものじゃない！　逆に芸能界に若くから浸かってしまったことでダメになってしまった人だっているわ！」

「その点は、モモも同感です」

真理愛の賛同を得て、白草が続ける。

「スーちゃんが恵まれた状態であぐらをかいている？　人ができないことをやっているのだから、見返りが多いのは当たり前じゃない！　もてはやされたってスーちゃんは誰も見下していないわ！　将来のことだって真剣に考えて、成績だって以前より上がっているじゃない！」

息を荒げる白草に、黒羽が口を挟んだ。

「可知さん、たぶんハルのお父さんは、あえて厳しいことを言ってるの。誰も苦言をしなくなると、成長できなくなるから」

「わかってるわよ！　でもやりすぎだと言ってるの！　スーちゃんが不条理だと感じるほどまで言う必要はないじゃない！　スーちゃんが家出するほど憤っている以上、不器用だからって言い訳は通用しないわ！」

「……まあ、ね」

黒羽は親父と長い付き合いだ。性格をよくわかっているだけに、批判をする段階は過ぎてしまっている。黒羽の両親である道鐘さんや銀子さんも同様だ。

「もう頭に来たわ！　スーちゃん、何日でもうちにいて！」

それだけに、真正面から親父を批判する白草は新鮮だった。

「……ありがとな、シロ。そこまで言ってくれて」

俺がそう言うと、白草は我に返ったのか、顔を赤くした。

「あっ……。わ、私、カッとなって……」

「いや、いいんだ。言ってくれて凄く嬉しかった」

「スーちゃん……」

白草(しろくさ)は胸に手を当て、目を潤ませた。

「シロが怒ってくれたおかげで、落ち着いた。クロ、病院へ連れてってくれないか？　親父(おやじ)が現在どんな状態かわからないが……今なら素直に受け止められるし、話ができれば、ちゃんと謝れると思う」

「謝るんですか……？」

真理愛(まりあ)が聞いてきた。

「シロが怒ってくれたのを聞いて、ちゃんと俺のことをしっかり評価してくれる人がいるなら、別に親父(おやじ)にまで評価されなきゃいけないってことないなって思って。そういう気持ちになると、クロの言った通り俺がもう少し大人になるのが一番な気がしてさ。それと俺は、親父(おやじ)のこと好きと言えるかは怪しいけど、家族として大事だと思ってる。親父(おやじ)の今の状態がわからないけど、死んでないなら、ちゃんと仲直りして、少しくらいは親孝行ってやつもしたい。それはモモ、お前の言葉で気づかされたよ」

「ハル……」

「スーちゃん……」

「末晴(すえはる)お兄ちゃん……」

三人が目を潤ませる。

俺は頷(うなず)き、声をかけた。

「じゃあ、親父(おやじ)のいる病院へ行こう」

「――私はここだ」


ガラッと仏間の引き戸が開いた。

聞き覚えのある地鳴りのような低い声。

あまり見たくない、いかつい顔が俺のほうを向いている。

「…………ん？　……あ、待って？　ちょ、あ、待って待って待って」

思考が追い付かず、俺は手を突き出して時が止まって欲しいことを示した。

瞬(まばた)きをして目のかすみを払い、頬をつねって夢でないことを確かめる。

そうした数秒の混乱の末、俺はようやく声を発した。

「…………親父(おやじ)？」

「そうだ」

「……なんでここに？」

「私が倒れたのは嘘(うそ)だからだ」

俺はまず深呼吸をした。何事も冷静さは大切だ。

だが冷静に見せかけられたのも数秒のこと。

怒りがふつふつと煮え返り――一気に爆発した。

「また騙されたぁぁぁ！」

俺は頭を抱え、身をよじらせた。

「ホント、まただよ！　この前、クリスマスパーティでドッキリやられたばっかりなのにぃい！」

目の端に黒羽、白草、真理愛が映る。

三人は俺が家に帰ってきたとき、すでにいた。ということはグルという可能性が高い。

そして――案の定、三人は露骨に視線を逸らし、とぼける仕草をした。

「……おい」

俺が三人に向けてツッコむと、今度は三人とも口笛を吹きだした。

「末晴、女の子たちに対して『おい』はないだろう」

「親父は黙っていてくれ」

「……まったく、女性への敬意を忘れるなといつも言っているだろう。しかもこんなにできた娘さんたちに対して、お前の無礼はあまりある。今すぐ床に額をこすりつけて謝るべ――」

「まず嘘をついていたことを親父が謝れよぉぉぉ！」

俺が親父につかみかかると、リビングの黒羽たちが小さな悲鳴を上げた。

「落ち着けよ、スエハル！」

「離せ、ミドリ！　このクソ親父だけは許せねぇぇ！」

結局リビングは怒号と罵倒の嵐となり、それが収まるまでに十五分以上を要した。

…………………

…………

……

「――結局、この作戦は紫苑ちゃん発案のもとで動いていたってことか」

「はい」

制服姿の紫苑ちゃんはそっけない表情で頷いた。先ほどしれっと親父のいた仏間からのんびりと現れたのだ。

仏間にあるテレビには、リビングの映像が映っていた。

リビングを見回すと、天井に見覚えのないカメラが設置されている。

真理愛曰く、『玲菜さんに依頼してやってもらいました』とのことだ。

（そういえば以前、図書準備室でも似たようなことがあったな……）

紫苑ちゃんは作戦の発案者として、親父と一緒に仏間で俺たちの様子を見守っていたとのことだ。

なぜこんな作戦を考えたのか、俺は紫苑ちゃんに尋ねた。

「今回の丸さんの家出の一件を聞いたとき、わたしが丸さんに対してどう思ったか、わかりますか？」

「紫苑ちゃんのことだし、邪魔だ、とか？」

「――羨ましい、です」

意外過ぎる言葉に俺は唾を飲み込んだ。

いつもファンタスティックな行動をする寝ぼけ目メイドとは思えず、何度も俺は瞬きをして制服姿の紫苑ちゃんを見つめ直した。

「ここにいる人間の中で、わたしと丸さんだけが持っている共通点が一つだけあるんです」

「それは……？」

「親が亡くなるところを見ていることです」

俺は無言で頷いた。

この前、俺もそのことに気がついた。

それからだ。紫苑ちゃんに奇妙な親近感を覚えるようになったのは。

「ただ違う点もあります。わたしの母は二度と会いたくない……まあ言ってしまえば桃坂さんのご両親に近い、かなり問題のある人です。しかし丸さん、あなたは違う。表面上はどうあれ、心の奥底でお父さんに対して親愛の情を持っていることは、天才であるわたしはすぐに見抜いていました。だから――羨ましい」

わかる。わかってしまう。

もし俺が紫苑ちゃんの立場であったとしたら、きっと同じ気持ちになっただろう。

「そのためわたしは、丸さんは思い出す必要があると思いました」

「何を……？」

「――大事な人が、いついなくなるかわからない恐怖です」

「っ！」

俺は口の中が渇いているのを感じ、慌てて目の前のお茶を飲んだ。

「この恐怖を知らない人にどれだけ語っても意味はないでしょう。しかし丸さん、あなたは知っていますね？」

「……ああ」

「後悔してからでは遅い。だからわたしは提案したのです。お父さんが事故に遭ったという嘘で丸さんをだまし、心の奥底にある本音を見つめ直させるべきだ、と」

紫苑ちゃんの目はいつになく厳しい。俺に対してはいつも感情的な紫苑ちゃんの中に、こんな一面があるのだと驚かざるを得なかった。

「だましてごめんね、ハル」

黒羽が寄ってきた。

「ちょっとやりすぎかなとも思ったんだけど、前からハルとお父さんの関係は気になってたから、仲直りするいい機会になるかもと思って……」

真理愛も横に並んで弁解する。

「お兄ちゃんのお父さんが仏間で末晴お兄ちゃんの様子を見るというのは、モモのアイデアです。末晴お兄ちゃんの動揺した姿を見ることで、お兄ちゃんのお父さんにも変化があるのではないか、と考えまして……」

俺は肩の力を抜いた。

「いろいろ思うところはあるが……いいよ。許す。俺のことを考えてしてくれたって、わかったし」

「ハル……」

「末晴お兄ちゃん……」

一方、白草は少し離れたところで親父に謝っていた。

「すみません、先ほどはつい言い過ぎてしまって――」

親父は普段からは考えられないほど柔らかな表情で言う。

「……いや、よく言ってくれた。感謝している。またいつでも遊びに来るといい」

「お父様……！」

親父は俺以外には結構甘いところあるんだよなぁ。こんな優しさをいつも俺に見せてくれればと思うが、それはそれで親父らしくなくて気持ち悪いと思ってしまうあたり、難しいところだ。

紫苑ちゃんが場を見回してつぶやいた。

「丸さんは大事なことを思い出したようですし、結論も出たようです。わたしの計画は達成されました。丸さん、今日からご自宅にお帰りになるということでいいですね？」

一応、親父との仲は最低限修復されたと言っていいだろう。

まだわだかまりはあるが、何よりも親父とちゃんと向き合う大切さに気がついた。

もう家出という逃げを取っている場合じゃない。

「……ああ。今日からここに戻るよ」

紫苑ちゃんは深く一度お辞儀した。

「ではご帰宅の対応があるため、先に失礼します。長期間のご逗留、お疲れさまでした。またのお越しはお待ちしておりません」

待ってないのかよ、と思ったが、この空気では言えなかった。

顔をしかめる俺に、カバンを手に取った紫苑ちゃんが小声でささやく。

「――まったく、こんな初歩的なことさえ忘れてしまうなんて……丸さんはおバカさんですね。だからわたしは嫌いなんです」

「へーへー、バカで悪かったな。じゃあ紫苑ちゃんはいつも意識しているってのか？」

「もちろんです。わたしがシロちゃんから目を離さないのは、大事な人がいついなくなるかわからない恐怖を肝に銘じているからです」

「っ！」

そうか、それで……。

「過剰、ってことはわかっているんですけどね。でも、間違っているとも思っていません。わたしは丸さんと違って、分をわきまえているんです。大事なものが多いのは素晴らしいことです。でも人には守れるものに限界があります。だからわたしは、本当に大事なものを守ることに全力を尽くしている……それだけです」

紫苑ちゃんの白草への執着と保護者気取りは目に余る。率直に言ってしまえばうざいほどだ。だがここまで話を聞いて、初めて感心した。

紫苑ちゃんは紫苑ちゃんなりの考えと行動原理があったのだ。

「……ただまあ、遅まきながらではありますが、丸さんがちゃんと大事なことに気がついたことは褒めて差し上げます。常に殊勝な心掛けでいるのなら……まあ、片親を亡くしてしまった者同士……たまには助けてあげなくもないです……」

「紫苑ちゃん……」

あの紫苑ちゃんがほんのり顔を赤らめ、もじもじしている。この子、言動はともかく顔立ちは可愛らしいから、こうしているとなかなかいじらしい美少女ぶりだ。

俺は目を潤ませた。

「紫苑ちゃん、大丈夫か？　拾い食いはダメだぞ？　脳に毒が回ってるんじゃないのか？　病院へ連れて行こうか？」

「っ――」

紫苑ちゃんは立ち尽くし、プルプルと震えた。

「まったく！　丸さんはどこまでもおバカですね！　今後もシロちゃんには近づかないでもらえますか！」

「誰がバカだ！　どう見ても紫苑ちゃんのほうがバカだろ！」

「わたしほどの天才を前にして、何を根拠にそんなことを！　先ほど諸葛孔明にも勝るわたしの策謀にハマったこと、お忘れですか？」

「あれは……たまたまだ！」

「ほう、たまたま。丸さんはいつもたまたまわたしに負けていますね。例えばこの前のテストとか」

「はぁ？　負けてないですけどー？　差は詰めているので実質勝ちですけどー？」

「はいはい、負け惜しみお疲れさまですー。やはりわたしは天才ですね。今日も勝ってしまいました！」

「誰が勝ちだ、コラ」

「いだだっ……！　丸さんギブギブ……！」

俺たちがやり取りしている横で、親父がぽつりとつぶやいた。

「黒羽ちゃん、あの二人はいつもこんな感じなのか？」

「はい、まあ……同レベルの二人なので……」

「そうか。あんな感じでやり取りをする女友達までいたとはな。私は随分長い間、末晴のことをちゃんと見ていなかったらしい……」

結局、紫苑ちゃんは自ら言った通り一足先に帰った。

その後これからどうするかについて話し合い、俺と同じく黒羽、真理愛も自分の家に戻ることに。

こうして俺たちの可知家での合宿は突然の終わりを告げることになったのだった。

「おい、末晴」

みんなでまず可知家に荷物を取りに行かなければならない。

そう話して家を出ようとしたときだった。

親父から声をかけられたのは。

「……何だよ」

俺は玄関へ向かう黒羽、白草、真理愛を目で見送りつつ、リビングに残った。

「……お前が迷うのも無理はないことがよくわかった。みんな、素晴らしい子たちだ」

「⁉」

俺は驚きのあまり目を見開いた。

「お前ができる限りの誠実さで接し、あの子たちとちゃんと話し合っているのなら、もう何も言うまい」

「親父……」

「特に、白草ちゃん……久しぶりに叱られて目が覚めた。少しだけ有紗を思い出したよ。お前からもよく礼を言っておいてくれ」

そうか、親父も思ったのか。白草の言い方が、少し母さんに似ているって。

別に顔が似ているわけじゃないんだが、あの遠慮のなさがどこか懐かしく、俺のために怒ってくれた白草には悪いが思わず笑みがこぼれてしまったぐらいだった。

「……ああ、わかった」

もしかしたら親父は、ずっと誰かに怒られることを望んでいたのかもしれない。

母さんが死んだ後、仲の良かった志田家の人たちからは気を使われていた。仕事仲間も、きっと妻の死を無駄にしないために行動しているのがわかっただろうから、きっと同じく気を使って接していたことだろう。

でも周りがそれでは、心の奥底に少しずつ寂しさや憤りがたまっていく。

母さん亡き後、俺が一番話しやすかったのが碧、蒼依、朱音というまだ幼くて気を使ってこない三人だった。だから、それは何となくわかる。

（……まったくそれならそうと言ってくれよ。ま、大人だから言えなかったのかもしれないけど）

大人って言っても、意外と子供とあんまり変わらないのかもしれない。

自分も年を取れば、同じ感じになるのだろうか。

そんなことを思ったりした。

＊

スーちゃんを騙して親子の仲を修復する作戦は無事成功し、現在、スーちゃん、志田さん、桃坂さんが、私の家で荷物をまとめていた。シオンは一足先に帰っていたが、三人分の食事や宿泊がなくなったことで、その対応に追われている。

そんな中、私は自室のベッドの上で、頭を抱えていた。

「――失敗したぁぁぁぁ！」

スーちゃんとお父様が仲直りした――それは本当に良かった。

でも私は……あろうことか……お父様を説教してしまった。

『……いや、よく言ってくれた。感謝している。またいつでも遊びに来るといい』


お父様はこう言ってくれた。

それで私は安堵したが、今思い返すと、これってただの社交辞令だったのではないだろうか。

若い娘に罵倒されて、怒鳴り返すのは大人げない——そう判断し、感謝するフリをした。

……十分あり得そうな話だ。

「ううぅぅぅ……未来のお父様かもしれない人に、私はなんてことを……」

私は後悔のあまりベッドの上をゴロゴロと転がり回った。

（結局私は、この一件で何ができたのだろうか……）

案を出したのはシオンだ。解決の最大の功労者はシオンで間違いないだろう。

それに比べて私は、ただお父様を罵倒しただけ。

そのくせスーちゃんとの関係も、結局進められなかった。

スーちゃんのお父様はスーちゃんを『中途半端だ』と言ったそうだが、私のほうがよっぽど中途半端だ。

（なんてダメダメなのだろう……）

私は自己嫌悪に陥り、せめて何の力にもなれなかったことを謝ろうと思い、スーちゃんのいる部屋の扉をノックした。

「どうぞ」

スーちゃんの声に促され、部屋に入る。スーちゃんはすでに荷物をまとめ終えたのか、カバンを床に置き、自身はベランダに出ていた。

もう夜だ。空には星が輝いている。

スーちゃんの横に並ぶと、吐く息が真っ白になった。

「……ごめんなさい」

そう言うと、スーちゃんは目を丸くした。

「へっ？　なんで謝るんだ？」

「だって……私、スーちゃんの仲直りの力になれなくて……お父様に怒っちゃったし……」

「あ〜、シロ、悪いところが出てるな」

ケロッとスーちゃんが言う。

私は言葉の意味をうまくつかめなかった。

「悪いところって？」

「本質的に臆病で、すぐに自信を無くしちゃうところ」

スーちゃんにそう言われては否定できない。

引きこもりになっていたところを、スーちゃんには見られているのだから。

私が肩をすぼめてしゅんとしていると、スーちゃんは明るい声で言った。

「いやいや、落ち込む必要なんてないって言いたかったんだ。むしろ親父、シロに感謝していたぜ」

「……嘘」

「ホントだって。特にシロにお礼を言っておいてくれ、とまで言っていたから」

……頭がついていかない。

声を荒げて怒ってしまったというのに、何が良かったのだろうか。

「それにさ、俺、何日もここに泊めてもらってるんだぜ？　力になれてないどころか、めちゃくちゃお世話になりっぱなしだって」

「でも泊めるのなんて、別に私の力じゃないし」

「そりゃ総一郎さんのおかげだけど、シロが口を利いてくれなかったら泊まれてないって」

「そうかもしれないけど……」

「ホントありがとな。シロがいなければ、俺きっと哲彦の家に無理やり泊めてもらうことになったと思うんだが、結局喧嘩別れして、今頃橋の下で段ボールにくるまってたと思う」

「そこまでは……」

「ないと思うか？」

想像がつかないが、まったくないとは言い切れなかった。

「とにかく感謝してるってことだ。素直に俺と親父の感謝を受け取ってくれ」

スーちゃんが白い歯を見せる。

そうだ。スーちゃんの笑顔は、私の心に元気を取り戻させてくれる。

「……ありがと、スーちゃん」

私が微笑むと、なぜかスーちゃんはほんのり頬を赤らめ、空を見上げた。

「俺、この部屋に泊めてもらって、ベランダからの風景が凄く気に入ったんだ。だからここから出る前に、もう一度見たいと思ってさ。まだクロやモモの準備はかかりそうだったし」

「そうだったの」

……あれ？

あれあれあれ……？　待って待って？

もしかして、今、最高の告白のチャンスなのでは……？

（シオンはお手伝いさんと打ち合わせ中。志田さんと桃坂さんは自分の部屋で荷物の整理。今、ここにいるのは私とスーちゃんだけ。しかも美しい星空の下という、最高のシチュエーションン！）

意識したとたん、ドクンッと心臓が跳ねた。

スーちゃんが空を見上げている。

その横顔が……カッコいい。

（え？　こんなにスーちゃんカッコよかったっけ⁉　元々カッコいいけど……おかしいわ。今のスーちゃん、世界一カッコよくない？　……うん、間違いない、世界一カッコいいわ……。っ、と思ったら今度は鼓動がおかしくなりそうなんだけど⁉　ううう、ダメっ、顔が熱い……。顔すら見られない……）

理性が、脳が、命令を出す。

『告白しろ！』

『今しかないぞ！』

『最高のタイミングだ！』

『勢いで言ってしまえ！』

『言うだけなら三秒で言えるぞ！』

心の声に命令され、私は少しだけ口を開けた。

息を吸い込み、喉に力をこめる。

「っ……」

言おうとしただけで胸は張り裂けそうなほど高鳴り、全身を震えさせ指一本動かなくした。

（もし、断られたら――）

小学生のときから続く、長い長い私の恋は終わり。

せっかく再会して、ようやくこんなに話せるようになって。

なのに、夢のような生活はここまで。二度と同じ関係には戻れないだろう。

（……ライバルながら、尊敬する）

志田さんは、これほどの恐怖と緊張を乗り越えてきているのだ。

しかも志田さんは大勢の前での公開告白。心臓の出来が生まれながらにして違うのではないかと思えるほどだ。

一秒が一分にも感じる。爪の先まで神経が通い、しびれているようだ。

「はっ……はっ……」

呼吸をするのも辛くなってきた。

緊張しすぎて、めまいがする。夢の中にいるようで、足がふわふわしている。

でも、本当に今しかないのだから――

私は息を大きく吸った。

「す……スー、ちゃん……」

「ん？」

星空に目を向けていたスーちゃんが、私を見下ろす。

見られているのを感じながら、私はスーちゃんの目を見ることができずにいた。

「……シロ？　どうした？」

私はきっと今、顔が真っ赤になっているだろう。

恥ずかしくて恥ずかしくて、顔を上げることすらできないのだから。

でもスーちゃんにはなぜ私がそうなっているかわからない。

表情で私の気持ちを悟ってくれるような人なら、告白などせずともとっくに私の気持ちは届いている。

(だから――)

今が勝負のとき。

ライバルに後れを取らないため、告白するのだ――

「スー、ちゃん……」

「おう……」

「スーちゃん……」

「ああ」

「……スーちゃん！」

何度も名前を呼んだ末に、私は顔を上げた。

一世一代の勇気を振り絞り。

目で『愛してます』と訴えかける。

「シロ……」

私が今までと違うことを感じたのだろう。

スーちゃんの表情にも緊張が走った。

「スーちゃん、私、ね……」

「う、うん……」

「私……」

そのとき、かすかに声が聞こえてきた。

「可知さんどこに行ったのかな？」

「もしかして末晴お兄ちゃんの部屋とかでしょうか？」

ああ、二人が近づいてきている。

タイムリミットはもうすぐだ。

「スーちゃんのこと、す――」

「す――？」

スーちゃんは顔を赤らめた。何かを期待している眼差し――のように見える。

志田さんと桃坂さんの声が段々と近くなってきた。

より激しくなる鼓動。

それらに急かされるように、私は口を開いた。

「す——ごく頼りにしているの」

「…………へ？」

スーちゃんが、ベランダの手すりに置いていた手を滑らせた。

「……パパが家にいないことも多いから、スーちゃんが家にいてくれて、とても頼もしかったわ。また泊まりに来て」

スーちゃんは目を何度もしばたたかせ、頭を掻いた。

「あ、あ～、そ、そっか！　そりゃ光栄だな！　ああ、また泊まらせてくれよ！」

「——ハル、可知さんそこにいない？」

「——あ、やっぱりいました！」

志田さんと桃坂さんが部屋になだれ込んでくる。

「ちょっと可知さん！　ここで何やってたの～？」

「しかもベランダ！　正直に白状してください！」

ああ、いつものノリだ。

明日からも私たちの関係は変わらない。

（それはよかった、のに——）

私は、私の勇気のなさに打ちのめされていた。

（これだけの大チャンスを目の前にして、私は――また言えなかった……）

なんて意気地なしなのだろうか。

私は成長したはずだった。スーちゃんに会うため、いろんなものを努力して身に付けた。

それに応じて心も強くなったと思っていた。

なのに――

弱い。

お膳立てが整っていたのに一番大事な気持ちが伝えられないほど、私は愚かだ。

「シロ……」

「可知さん……？」

なぜだかスーちゃんと志田さんが驚いた顔をしている。

「あの、これを……」

桃坂さんがハンカチを差し出してきた。

気がつくと、私の頬に涙が伝っていた。

「ど、どうしたんだ、シロ？　俺、何か悪いことしたか……？」

「あ、えっ……ううん、違うの。あの……そう、何日もスーちゃんたちがうちにいてくれたでしょ？　今日帰るって思ってなかったから、急に凄く寂しくなっちゃって」

「あ、ああ……そっか。俺も寂しいな。お世話になっちゃったのは申し訳なかったけど、なん

「だが長期ロケみたいで楽しかったし……」

「うん、また泊まりに来て。いつでも歓迎するわ」

「ああ！」

スーちゃんは納得したようだったが、すぐ横にいる志田さんと桃坂さんは違っていた。

「…………」

「…………」

二人とも黙っているが、たぶん私が告白しようとしたことを察知していた。

だが目に同情の色はない。

当然だ。私たちはライバルなのだから。

（……まだ私は、告白を諦めてないわ）

そんな気持ちを込めて、私は志田さんと桃坂さんをにらみ返した。

そうだ、これ以上無様なさまは見せられない。

今回はうまくできなかったが、次にうまくやればいい。

元々勝負はバレンタインデーとしていたじゃないか。

きっと次こそ、告白する。

（それまで待っていてね、スーちゃん……）

私はスーちゃんを横目で見て、そう念を送った。

第四章　バレンタインデー、そして

＊

月日はめまぐるしく過ぎていった。

学校、宿題、群青同盟の活動に、小説の修正&チェックもある。小説は一度最後まで書いたらそれで終わりではなく、その後編集者の指摘の修正や、著者校というチェック作業があるのだ。

せわしい日常に追われ、瞬く間に一日は終わる。

しかし私は当然スーちゃんへの告白を諦めたわけではない。

(バレンタインデーこそ、必ず――)

無様な結末には、もうしない。

そう誓い、心の刃を研いでいた。

そんなある日のこと、私は小説の修正を提出して少し時間ができたことから、甲斐くんから渡された『企画書』に目を通していた。

甲斐くんはすでに来年度の群青同盟を見据え、各メンバーに課題を与えている。

スーちゃんには『学力の向上』。

志田さんには『演技の練習』。

桃坂さんには『新入部員の募集方法』。

そして私には——この『企画書』だ。

甲斐くんの望むままに動くのは本意じゃない。

しかしこの『企画書』には興味をそそられた。あえて見ないなんてことをする意味などない。

なのでちょうどいい機会だと思い、私は『企画書』を読むことにした。

「…………なるほど」

内容としては、特別意外なものではなかった。

単純に『群青同盟でストーリーものの映像を撮ろう』というものだからだ。

例えば映画、連続ドラマ——そういった大掛かりなものを作りたい、とある。

今まで群青同盟はCM勝負など、無茶な期間で様々な動画を作ってきた。

でもそれはせいぜい数週間でできるようなもの。この企画は、それこそ何か月も前から準備し、動かす大掛かりな企画という違いがある。群青同盟を発展させていきたい、せっかくここまでの組織になったのだから大きなことをやりたい、と考えるのは当たり前のことだ。そういう意味で、『ある意味甲斐くんらしくなく』まっとうな企画書だった。

甲斐くんが私に依頼したのは、この映像作品の脚本の執筆だ。

ただ——

すでに映像作品のベースとなる物語が用意されている、というのは意外だった。

ストーリーを要約するとこうだ。

『主人公は芸能事務所のプロデューサー。仕事は順調で、最近社長令嬢と結婚した。そんな順風満帆の人生に、大きな転機が訪れる。新たな担当となったアイドル。その子に、人生初めての恋をしたのだ。既婚者でありながら恋をした主人公は、妻がいることを隠したまま彼女と結ばれ——しかし、破局する。アイドルの少女は愛する男が既婚であることを知り、絶望して去ったのだ。男は妻がいたせいで彼女が行方をくらませたと考え、身勝手に離婚。だが愛する少女は戻ってこなかった。その後、男は順調に出世し、とある事務所の社長にまで上り詰める。しかし最後には離婚した妻との間にできていた息子に引導を渡されるのだった』

私は企画書の物語を読み終え、大きく息を吐きだした。

「これ、何を狙っているのかしら……」

意図がわからない。

内容的に一番近いのは……昼ドラ？　高校生が作る映像作品にしてはドロドロすぎないだろうか？

この主人公では視聴者の共感は期待できないだろう。結婚しているのに自分の担当するアイドルに手を出すなんて最低すぎる。

それならいっそ、調子に乗った男の転落人生を物語の売りにするのはどうだろうか？

そもそもアイドルの少女と別れた時点で、もっと堕ちていくべきだ。そうすれば、最後に息子に引導を渡されるとする必要がない。アイドルに手を出しても仕事は順調という設定がリアルっぽいと言えばそうかもしれないが、堕とすべきところで堕とさないせいで、物語が間延びしてしまっている。

ただ――個人的にはなかなか面白い話だと思う。

甲斐くんが何をヒントにこの物語を思いつき、何を意図してこの企画書を書いたかはわからないけれど……いじりがいがある。

(例えば……そう。主人公を芸能事務所のプロデューサーではなく、息子のほうにしたら……)

子供のころから母親に恨みを聞かされ、父親への復讐を誓う主人公。

暴かれる過去。引導を渡すことによるスカッと要素。

(……うん、こちらのほうが物語としても、エンターテインメントとしても正解だ)

私がどんな脚本にするか想像の羽を広げていたところ、携帯にメッセージが届いた。

志田さんからだ。

「そろそろバレンタインデーのチョコづくりで集まる日時を決めたいんだけど……」

私は企画書を片付け始めた。

そうだ、今大事なのはバレンタインデーのほう。企画書にある物語の脚本化はまだまだ時間がかかるし、物語の根本をいじっていくなら甲斐くんとの相談が不可欠だ。

私は気分を切り替えるためにぐっと背中を伸ばし、携帯に指を滑らせた。

＊

制服にエプロンをつけた私、志田さん、桃坂さんはチョコレートづくりに取り組んでいた。

桃坂さんは手際よく材料の重さを量り、その横で志田さんはなかなかの包丁さばきで板チョコをそぎ落とし、細かくしている。

それらを横目で見ていた私は、水が沸騰したので火を止めた。

明日はバレンタインデー。

打ち合わせ通り学校が終わってそのまま三人で買い物に行き、私の家のキッチンに集まっていた。

「志田さん、何度でも言うけれど、味付けは私と桃坂さんでするから」

「本当に自重してください。モモは買い物中、関節を外して病院送りにできないかと三回は考えましたから」

「ちょ、そこまで⁉　二人とも本当にひどいんだけど！」

志田さんは非難の声を上げたが、それはこっちのセリフだった。

「ひどいのは志田さんのほうよ。ナンプラーに手を伸ばしたとき、温厚な私でも殺意を覚えたわ」

「モモがキレかけたのはそれを注意したときのセリフです。『だってチョコレートに合うと思わない？』って……動画にして群青チャンネルにアップしたいと思ったほどでした。たぶん低評価の嵐にならないと黒羽さんには身に染みないいんですよ」

「私はそれでも身に染みない説を推すわ。あれだけツッコんでも『自分は悪くない』みたいな顔をしている女なのよ？」

「なるほど、確かに。モモとしたことが一本取られてしまいましたね」

「気にしないで。私たちは志田さんの味覚に殺意を覚えた仲間よ。今日は二人で乗り切りましょう」

「そうですね」

「ふ〜た〜り〜と〜も〜！」

私と桃坂さんは同時にギラリと志田さんをにらみ、それぞれが持っていた湯せんで溶けたチョコレートと生クリームの入ったボウルを突き付けた。

「「混ぜて！」」

「……はい」

さすがに二人がかりでは逆らえないと感じたらしい。碧ちゃんに、私たちの言うことを聞くように説教しておいてくれと頼んでおいたのも効いたのかもしれない。案外素直にチョコレートと生クリームを混ぜ始めた。

ふと志田さんが手を止め、さも名案を思いついたかのようにつぶやく。

「あ、そういえばさっき調味料のところに豆板醤があったのを見かけたんだけど――」

「「――ダメ!」」

こんな感じで私たちのチョコレートづくりは進み、無事冷えて固まったチョコレートが目の前に並んでいた。

志田さんが作ったのはシンプルな立方体形のチョコレートだ。小さいものをたくさん作っている。

「黒羽さんは友チョコも一緒に作ってるんですか?」

桃坂さんが尋ねた。

「うん。毎年結構用意するんだ。モモさんも?」

「ええ。今年は学校に通うことになり、友達が随分増えましたので例年の倍は作ってます」

桃坂さんの前には、小さなハート形のチョコレートがずらりと並んでいた。中にミックスナッツを入れるなど、私たちとの技量の差をまざまざと見せつけている。

「可知さんは――」

「まあ、聞くまでもありませんね」

私の目の前には——犬形の大きなチョコレートの塊があるだけだ。

最初は巨大なハートの型に入れることも考えた。

しかしそれはさすがに露骨すぎるのではないか——大きなハートのチョコを作って『重い』と言われたらどうしようか——などと考えた末に、形は奇をてらわないことにしようと思い、可愛い犬の型を選んだ。

でも、それでも、スーちゃんを想う気持ちの大きさを表現したいという衝動が抑えきれず、型は一番大きいものを——しかも立体型のものを——ということで、硬式の野球ボールサイズの犬のチョコレートができてしまったというわけである。

「食べづらそうですね」

「うぐっ⁉」

私は桃坂さんのさりげないツッコミに胸を押さえた。

作ってみてわかった。可愛い形の立体的なチョコレートは食べづらい。また見た目が動物を模しているだけに、割ったりするのに罪悪感が伴う。女の子なら見た目の可愛さで喜ぶかもしれないが、男の子が喜ぶかどうかはかなり疑問だ。

「あと本命以外のチョコをほとんど作ってないところもツッコミどころかも」

「私、あまり友チョコは……。まあシオンと芽衣子には渡すつもりだけど」

私が作ったのは、明らかに気合いの入った巨大な犬形チョコレート……その他はいくつかのシンプルな丸形のチョコレートだけだ。

「一応群青同盟繋がりで哲彦さんもいますが、皆さん渡しますか？」

「万が一でも変な噂を流されるのが嫌だからパスだわ」

私は即座に回答した。

「モモは一応先輩ということもあるし、渡そうと思ってます」

「まあ一応あたしも」

「どうぞご自由に」

私はそう告げて、志田さんと桃坂さんの前に先ほど包んだ小袋を置いた。

「というわけで、これはあなたたちへの友チョコよ。一日早いけれど、明日渡す気力が湧かないかもしれないから、先に渡しておくわ」

「へ？」

「えっ？」

志田さんと桃坂さんが瞬きした。

とても信じられない、といった表情だ。

「群青同盟繋がりということで。私は甲斐くんを嫌ってはいるけど、別にあなたたちはスーちゃんを巡ってのライバルということ以外、嫌う要素はないわ」

「はぁ……」

志田さんが眉間に皺を寄せてチョコレートの小袋を持ち上げた。

「こういうところが可知さんって、卑怯だよね」

「ですねー。不器用なのに……いえ、だからこそ時折直球が鋭いというか」

「いらなければ回収するわよ？」

私が目を光らせると、志田さんは大きくため息をついた。

「もらうよ。それと……はい、お返し」

志田さんは包んだばかりのチョコレートを私に渡した。

「モモも……どうぞ。スタンス的には、モモも白草さんと変わりはないので」

桃坂さんも可愛らしいハートのチョコレートを私に渡してきた。

私は志田さんと桃坂さんのことを強力なライバルと認め、絶対に負けたくないと思っているが、人間として嫌いなわけではない。むしろ二人が繰り出してくる策謀やその積極性に、憧れや尊敬の念を抱いているほどだ。ハーディ・瞬などといった敵と相対したときは、これほど頼もしい人たちもいないと感じた。もちろんスーちゃんは絶対に渡せないので、一年ほど遠いところに行っちゃってて欲しいけれども。

でもわかった。たぶん志田さんも桃坂さんも、同じようなことを思っていたのだ。

「最終確認だけど、バレンタインデー当日の明日は互いに邪魔するのはなし。それぞれ勝手に動く……それでよかったわね？」

「うん。ただし色気で攻めるのはなしね」

「わかってます」

それだけ確認し、淡々と後片付けをして二人は帰っていった。

明日はバレンタインデー。乙女たちにとって戦争と言える日だ。

互いに武運は祈らないけれど、別にライバルに失敗しろと願うつもりはない。

自分がいかに最善を尽くせるか。

きっと私たち三人の心にあるのは、その一点だけだった。

＊

バレンタインデー当日。俺はいつもと変わらない朝を迎えた。

親父は出張に行っているので、家に一人きり。目覚まし時計の音で目が覚めた。

もしかしたら黒羽や真理愛が起こしに来て、寝ぼけ眼の俺にチョコを渡してくる——なんて妄想も少ししていたのだが、その気配はまるでない。ちなみにその妄想に白草がいないのは、黒羽と真理愛はともかく、白草はそういうことをしないと思っているからだ。

「ふわぁ……」

あくびをしつつ、リビングへ――と行かず、いつもは気にも留めない玄関のポストを何となく見てみる。

「……ないか」

断じてチョコレートが入っていることを期待したわけではない。しかし一応確認は必要なのだ。

何となく落ち着かないまま朝食をとり、着替え、家を出る。

登校中、誰かに見られていないか警戒しながら歩く。これをしているかどうかで、いきなり声をかけられたときの反応が違ってくる。何事も心の準備は大切だ。

ただ結論として何も起こらず、警戒疲れを感じ始めたところで、ばったりと哲彦（てつひこ）に会った。

「珍しいな」

「確かに」

俺はいつも始業時間ギリギリに登校する。哲彦（てつひこ）はそこそこ早めに登校するタイプなので、まず通学路で会うことはない。

ただ今日は俺が二度寝をしようとぐずらなかっただけに、哲彦（てつひこ）と同じ時間となったようだ。

ふと俺は、哲彦（てつひこ）が百貨店の紙袋を持っていることに気がついた。

「それは？」

「チョコレート入れ」

「――死ね」

俺は食い気味に言った。

「……死ね」

殺意がちゃんと伝わるよう、念入りに二度言う。

哲彦はやれやれと言わんばかりにため息をついた。

「あいかわらず卑屈だな～、お前」

「全国の男子高校生の代弁をしただけだ」

「さて、去年まではそっち側だったんだろうけど。今年はどうだろうな？」

「どういうことだ？」

「ま、結果を見てみようぜ」

あいかわらず言いたいことだけ勝手に言うやつだ。

だがその意味は、校門に着いた時点でわかった。

「来た……っ！」

「うわっ、さすがに哲彦くん、余裕な感じ～」

「末晴くん、びっくりしてる！」

「ふふっ、遅刻覚悟で来たかいあったわ～」

校門にたたずむ少女たち。

ざっと見で……三十人いるか。

制服はバラバラ。いや、他校生だけじゃなく、ちらほら中学生や社会人も混ざっている。よく見れば、慶旺大学の演劇サークルを手伝った際にいた女の人もいた。

「あっ、ちょうど末哲コンビ揃ってる！」

「あいかわらず可愛いわ～」

なんというか、オーラが凄まじい。

女の子一人一人は可愛いのに、集団となると、ぶっちゃけ怖い。そして女の子側も、集団の優位性を無自覚に悟っていて、いつもより大胆に好きなことをやってもいいんじゃないかってムードが漂っている。

「とりあえずチョコ渡すついでにいろいろ触っていこうよ！」

このセリフを発したのは中学生と思しき女の子二人組だ。

……とりあえず触るってなんだろうか。なぜそんなことをするんだ。そしていろいろって、どこを触るんだ。ついでって言っているが、いろいろ触ることが本命にしか聞こえないんだが……。

「うーん、女の子の出迎えは歓迎したいところだが、ちょーっち厄介な子たちもいるようだし――」

「おい、哲彦――」

肘で小突く。

目と目で会話すると、哲彦(てつひこ)は即座に頷(うなず)いた。

「わかってるって」

「行けるぜ」

「ああ――よしっ、走れ、末晴(すえはる)！」

俺たちは同時に駆け出した。左右に分かれ、互いに女の子たちの間隙(かんげき)を縫うように走る。

「くっ⁉」

「そんな⁉」

そりゃ俺は女の子が大好きだ。女の子に囲まれるなんて憧れのシチュエーションと言っていい。だがそれはピラニアの餌になるのとは違うのだ。

ダダダダッと校門を走り抜け、昇降口に。

さすがにここまで来れば穂積野(ほづみの)の生徒しか立ち入れないためか、誰も待ち受けていなかった。

「ふぅ……危なかった」

走ったせいで汗ばんでいた。

スリッパに履き替えてコートを脱ぐと、ポロリと箱が落ちた。

「何……だと……？」

いつの間に入れたんだ……。

「おい、末晴。オレも結構やられてる」

哲彦のコートのポケットや胸元から、チョコレートの箱がポロポロ落ちる。よく見れば持っていた百貨店の袋の中には何個も手紙付きのチョコレートが入っていた。

くっ、さすがバレンタイン……女の子の戦闘力はいつもの何倍にもなっているようだ……。

「オレでも見えなかった。バレンタインの日の女子は手ごわいな」

「これを機会に女癖の悪さを直したほうがいいぞ」

「だから言ってるだろ。女癖が悪いわけじゃねーんだよ。オレは、可愛い子に平等に愛を与えてるだけなんだ」

「……それ死亡フラグだな、どう考えても。他校の子のチョコならともかく、うちの学校の子のチョコには毒でも入ってるんじゃね？」

「大丈夫、何となくヤバいのはすぐわかる」

「なんでわかるんだよ⁉」

「長年の経験から、匂いと色がヤバいのは避けたほうがいいって学習してる」

「お前、そのうち毒には慣れてるとか言い出しそうだよな。その才能は有効に使うべきだと思うぞ」

今年の哲彦の人気ってどうなんだろうな。

群青同盟成立前までは嫌われていたが、群青同盟のリーダーとしての知名度が上がってからちょっと旗色が変わってきた。おかげで抜け駆けしようとしている女の子も見え隠れしてきている。

「それより末晴。袋、もう一枚持ってるんだがいるか？」

「おっ、くれくれ」

哲彦からもらった百貨店の紙袋に、コートに入れられていたチョコレートを詰める。

まさか自分がこんな袋にチョコを入れて歩こうとは……人生何が起こるかわからないものだ……。

「ギルティィイイイイイイイ！　たくさんチョコをもらうやつ、ギルティィイイイ！」

「わかる、わかるぞ郷戸！　ああいうやつらがいるから俺たちにまでチョコが回ってこないんだ！」

俺はため息をつき、小声で哲彦に言った。

「お前と同じ立場って、案外居心地悪いんだな……」

学校の女の子からいくつもチョコをもらうなんて夢のまた夢、特に本命チョコなら尚更だ——と思っていた。

もちろん、志田姉妹を入れれば俺は毎年複数もらっている。

ただこれはいわば家族枠であって、バレンタインらしいチョコとは違う。それでも黒羽からちゃんともらえるだけ俺はうらやましがられていたくらいだった。

しかし今、紙袋の中に入っているチョコは包装からしてどれもなかなか気合いが入っている。

まあ〝察してくれ、群青〟事件があっただけに、俺の本命は哲彦だと思われているはずだ。だからどっちかと言うと賑やかしというか、面白そうだからチョコを渡すってのが多いだろう。

群青同盟が有名になり、俺の知名度も上がったことでとりあえず贈ってみようくらいだとは思うが……それで嫉妬されるのって、結構疲れるし、ぶっちゃけおいしくない。

「そうか？　負け犬どもの顔を見るの、楽しくね？」

「お前、あいかわらず最低すぎて逆に清々しいわ」

「しっかしお前、もっと調子に乗るかと思ってたぜ……おっ、ありがとさん！」

意外そうに哲彦はつぶやいた。なお最後の『ありがとさん』は、話しながら後輩からチョコレートをもらったことに対する返答だ。

「俺はさ、クロから告白されて、待ってもらってる状態だからさ。そりゃチョコをもらえるのは嬉しいけど、前みたいにはしゃぐとクロに悪いし」

「ほーっ、そいつは殊勝なこった」

「うんうん、ハルの言葉とは思えない」

ひょこっと黒羽が哲彦の陰から顔を出してきた。

「っ！　クロ！」

「何で驚いてるの？」

「いや、それは……」

俺は何となく気まずくなり、紙袋を背中に隠した。

「……じゃ、オレは先行くわ」

哲彦はさらっと告げて廊下を歩いていこうとしたので、マフラーを摑んで止めた。

「おいっ！」

「いや、邪魔しちゃ悪いし」

「みんながめちゃくちゃ見てるから味方が欲しいんだが」

黒羽が現れたと同時に、こちらに向けられている視線の数が飛躍的に上昇した。

最初は男子の嫉妬の視線かと思っていたが、女の子からも相当見られているようだ。

「クロ、がんばっ！」

柱から顔だけ出した女生徒から声援が飛ぶ。

……なるほど。この子たちは黒羽の応援団なのか。

「も～っ、応援とか恥ずかしいんだから……」

とはいえ、この状況は黒羽にとって狙って作ったのではないようだ。

まあ、恥ずかしいよな。俺も恥ずかしい。

「末晴、がんばっ」

哲彦が女の子たちの声援を真似して脇をぎゅっとした。

俺は即座に哲彦に腹パンをかました。

「なに今の？　ムカつき度が凄いんだけど？」

「あぁ？　応援してやったんじゃねーか？」

「あえて真似する必要あったか？」

「真似して何がわりーんだよ」

「ぐふっ！」

腹パンを返された。

「哲彦、てめぇっ！」

「おう、やってやろうじゃねーか！」

「はいはい、二人とも落ち着いて！」

黒羽が手を叩いて俺たちの間に割って入り、やむなく距離を取った。

「哲彦くん、いくらハルでも今のはさすがにキレるって」

「ちっ」

「ハルも怒りすぎ。はい、これでも食べて落ち着いて」

「おっ、サンキュー……って……」

差し出されたのは綺麗に包装された四角い箱だ。

これはどう見ても……。

「……うん。なんだかハル、今年はたくさんもらってるみたいだから、去年までより嬉しくないかもしれないけど」

「そ、そんなことあるはずないだろ！」

健気なことを言われ、心の奥底がじわりと熱くなる。

俺は何とか今の気持ちを伝えなくてはという使命感に駆られた。

「あ、あの、凄く嬉しい……。ありがとな、クロ……」

「……うん。クリスマスの一件もあるし、わかってると思うけど……本命チョコ」

「「「おおおおぉおぉおぉおぉおぉお！」」」

周囲が騒ぎ立てる。

そりゃ当然だ。ここは廊下。舞台上での公開告白に比べれば少ないかもしれないが、それでもギャラリーが軽く数十人はいる。

ぐわんっ、と脳が揺れた。

熱っぽくて、めまいさえ感じる。

あいかわらず黒羽の攻撃はすさまじい。

正攻法。だけど超ド級の破壊力だ。

同じチョコを渡されるのでも『みんなの前』ってことで威力が何倍にも膨れ上がっている。

「チョコレート……」

あまりに非日常的なだけに、新鮮で衝撃的で、否応なく胸は高鳴ってしまう。

人前というプレッシャーをやすやすとはね除け、俺の心臓を取りに来ている。凡人では到底放つことが不可能なとんでもない一撃と言えるだろう。

俺は熱に浮かされ、呂律が回らないまま言った。

「あ、ああ、あり、ありがとう……」

「うん、どういたしまして……」

ただ黒羽と言えども、まったく恥ずかしくないわけではないようだ。

顔を真っ赤にし、うつむいている。所在なげに耳元の三つ編みを指でクルクル回しているところが、また憎らしいほど可愛らしい。

「……黒羽さんがクラスを出て行ったと思ったら」

俺と黒羽の様子をたくさんの生徒たちが眺めているが、邪魔をするまいとみんな遠巻きにしているだけだ。

しかしその人垣をかき分けて堂々と真理愛が近づいてきた。

「あーはいはい、黒羽さんのチョコレートは渡し終わったようですね」

ジト目の真理愛は、茶番には付き合っていられないと言わんばかりに冷めた感じでつぶやく。

「あの、モモさん？　もう少し空気読んでくれないかな？」

「読んでますよ？　お二人が廊下のど真ん中で盛り上がっているせいで、通行しづらくて困っている方、たくさんいますが？」

「っ――」

黒羽が舌打ちする。

確かに振り向いてみると、興味がなさそうな一部の生徒は迷惑そうに俺たちを眺めつつ、人垣をかき分けていた。

「と、いうことで――」

一転、真理愛は声を明るくし、俺の手を取った。

「モモのチョコレート、受け取ってください！　末晴お兄ちゃん！　こっちです！」

「お、おいっ、どこへ連れてくつもりだ？」

「末晴お兄ちゃんの席です！」

「へっ？」

あ、そういえばさっき『黒羽さんがクラスを出て行ったと思ったら』って言ってたっけ。

ということは先ほどまで真理愛は俺の教室にいたってことか。

「さあさあ、こっちへ」

俺が振り返ると、黒羽は穏やかな表情で頷いた。

もう行ってもいいよ、ということだろう。

正直なところ真理愛と大喧嘩になったり、手の引っ張り合いになったりすることを危惧していた俺は、ちょっと意外だった。

俺が黒羽の公開告白を受けて、チョコレートで一喜一憂しなくなったのと同様、黒羽もまた変わってきているのかもしれない。

互いに信頼感や安心感がある。以前は幼なじみとして持っていたが、今は恋愛対象としての意味で持っている。それがこの黒羽の態度の違いになってきているのかもしれなかった。

「――どうでしょう、末晴お兄ちゃん！　受け取ってください！」

「…………」

教室に入るなり、俺の目に飛び込んできたのは、机の上に置かれたチョコレートケーキだった。

立派なもので、ケーキが二段になっている。ウェディングケーキかな、と一瞬思ったほどだ。

頂点にはハート形のチョコレート。

素晴らしい出来だ。プロでもそう簡単に作れるレベルではないだろう。

「……モモ、どうやって運んできた？」

Love

「家から学校までは業者を使って。業者のクルマからここまでは玲菜さんに協力してもらいましたが」

「そ、そうか……」

「はい！」

ニコニコと真理愛は笑うが、ちょっと俺の気持ちを考えてみて欲しい。

もちろん嬉しい。こんなに立派なチョコレートケーキをもらうのは当然のごとく嬉しいのだが――それ以上に『でかすぎてこれどうしよう』しか頭に浮かばない。

こんなのが席にあったら授業が受けられないのは明らかだ。なのに簡単にどけることができるレベルのものじゃない。

「……ごくり」

「……やべーよ、あれ」

「どうするんだろうな」

「まあ丸が責任取って食うだろ」

「つーか食って死ね」

どうやら俺のクラスメートたちも同じ気持ちのようだ。

嫉妬もあることはあるが、それより『あーどうすんだよこれー』みたいな雰囲気が強い。

「あれっ……もしかして……迷惑でしたか……？」

「ぐっ！」

真理愛が悲しそうな顔をする。

「末晴お兄ちゃんへの気持ちを表現しようと思ったら、このようになっちゃったんですけど……」

こんなこと言われたら、俺はこう言うしかない。

「そ、そうか！　ありがとな！　こんなに大きなチョコレートケーキ、もらえる俺は幸せものだなぁ～！」

「よかったです！」

真理愛はニッコリと笑った。

うん、やっぱり真理愛には笑顔のほうがよく似合う。

「すっごく頑張ったんですよ！　今日は朝五時に起きてスポンジを焼き始めまして。あ、昨日のうちにスポンジを焼いてもよかったんですが、やっぱり冷蔵庫に入れておくとどうしても固くなっちゃうので、おいしく食べられるほうがいいかなと！」

「そ、そうか、わざわざありがとな……」

「この生クリームは北海道の五つの産地から取り寄せ、その中でもモモの舌で最上のものを選びました！」

「う、うん……」

「すべては末晴お兄ちゃんに喜んで欲しくて頑張っちゃいました！」

「あ、ありがとう……」

何だろう。教室が静まり返っている。

空気が重い……。

そう、重いのだ。何がとは言わないが、いろいろと。

クラスメートでさえ、ちょっと引き気味に見ているのがわかる。

「食べて、くれますか……？」

真理愛が目を潤ませ、上目遣いに俺を見る。

俺は兄貴分として、胸を叩いてこう言った。

「ああ、もちろんだ！」

「では、はい、あ～ん！」

真理愛が素早く紙皿とプラスチックのスプーンを取り出したのはいい。

だがちょっと取りすぎだ。コンビニで弁当を買ったときにくれるスプーンと同サイズなのに、どう考えても一口では食べられない。

そういえば見たことがある。あれだ。結婚式のケーキカットの光景だ。おばさんの結婚式のとき、旦那さんが食いきれない量のケーキを差し出され、顔面に直撃していた。

今の俺はそれと同じ状況だ。絶対に一口で食えない。

でも——

「あ～ん」

期待の眼差しに満ちた真理愛を見ると、逃げられない。

……よし、いいだろう。俺も男だ。受けて立とう。

「あ～～～」

俺は限界まで大口を開け——

「ん!!!!!!!!」

思い切りケーキにぱくついた。

……あ、ごめん。ちょっと無理。鼻にクリームが当たった。マジごめん。一口で食いきれない。無理無理。やっぱダメだった。あの、スプーンぐいぐい押し付けないでもらえます？　息が詰まって辛いんすけど？

「おいしいですか？」

なんだか食べているというより、押しつぶされている印象だ。

でも食べなければ量は減らない。

俺は全力でかみしめ、涸渇気味の唾液を振り絞り、スポンジを無理やり呑み込んだ。

「……おいしい」

俺は鼻の頭にクリームをつけたままつぶやいた。

さすが真理愛。黒羽とは違う。デコレーションも素晴らしいと思っていたが、味もいい。

「よかったです♡　ならもう一口……はい、あーん！」

「⁉」

周囲がざわめいた。

真理愛は先ほどのを超える量をスプーンですくい、差し出してきた。

横を見ると哲彦が胸の前で十字を切っていた。

おい、ふざけんな。お前、宗教なんて気にしたことないだろ。そんなことしてないで俺を助けろよ。

「口を開けてください、末晴お兄ちゃん♡」

いやもう、お腹も心もいっぱいなんだが。

気持ちは嬉しいが、さすがに……。

——と思っていたところで、真理愛はペロッと舌を出した。

「ごめんなさい、からかいすぎてしまったようですね」

「……えっ？」

「最初から末晴お兄ちゃんだけで食べきれる量ではないってわかってます。そして、このままでは授業に支障が出てしまうことも。だから——玲菜さん」

「はいはーい、ようやく出番っすねー」

いきなりスーパーのレジ袋を持った玲菜が教室に入ってきた。

このタイミング、廊下から様子を見ていたのか。

「はい、ももちー」

玲菜はナイフと取り分け用のケーキサーバーを袋から取り出し、真理愛に渡した。

「じゃあ、どんどん行きましょ」

「ええ」

紙のお皿を玲菜は用意し、真理愛はケーキを次々と切って皿に載せていった。

「皆さんどうぞ、食べてください。廊下の方もどうぞ。なくなるまで誰でも取りに来てくれて結構ですよ」

えっ、と声が聞こえた気がした。その間にも玲菜はプラスチックのフォークを紙皿に載せていく。

「くれ！」

「あ、俺も！」

教室にいた生徒たちが駆け寄ってくる。廊下にいた生徒たちも、だ。怒濤の勢いで人が真理愛のもとに集まってきた。

「末晴お兄ちゃん、哲彦さん、手伝ってもらっていいですか？」

哲彦は頭を掻いた。

「貸しにするぜ？」

「じゃあ報酬はケーキ一つで」

「なら面倒くさいからいいや」

「このケーキがなくならないと、末晴お兄ちゃんの席に残ったままで目障りだと思いません？」

「……まあ」

「末晴お兄ちゃん自身もぶつくさ言って面倒くさいことになると思いますが」

「そこまで計算に入れてたか……わかった、ケーキ一つな」

「ありがとうございます」

結局、俺と哲彦も加わり、巨大なケーキをみんなに配ることになった。

これにどんな意味があるのか、なぜこんなことになったのか、俺はさっぱりわからずにいた。

＊

「白草さん……」

芽衣子が私の制服の袖を引いた。

私は教室の隅でじっと桃坂さんがケーキを配っている光景を見ていた。

視線を桃坂さんに固定したまま返事をする。

「……何？　芽衣子」

「お顔が随分怖くなっていますが」

「……そうね。なってるでしょうね」

「先ほど、志田さんが丸さんにチョコを渡しているときも同じ感じでしたが……」

「抱いている感情は同じだから当然ね。二人とも、本当に手強いわ……」

私は芽衣子以外には聞こえない声量でつぶやいた。

志田さんと桃坂さん——二人のやり方は、私のできないやり方であり、巧みな意図を感じさせるものだった。

志田さんは公開告白をしているというアドバンテージを最大限に活かしてきた。

（まさか登校早々、廊下で堂々と……しかも本命チョコであることまで告げるなんて……）

クリスマスパーティでの告白は気の迷いじゃないぞ、まだまだずっと好きだぞ、と念を押すようなやり方だ。

舞台の上で告白したあのときほどのインパクトはないかもしれないが、毎日通る廊下でバレンタインチョコを渡すとは……凄まじい。スーちゃんはこれから廊下を通るたび、本命チョコを渡されたことを思い出すのではないだろうか。

……まったくなんて策士だ。それでいながら私にも桃坂さんにもできない大胆なことをやってのける度胸まで持っている。

なにより朝一で行動したのはさすがだ。

スーちゃんは群青同盟で活躍していることから、いくら〝察してくれ、群青〟事件があったとしても、たくさんの女の子がバレンタインチョコを渡そうとするだろう。

だが志田さんが朝一で本命チョコと告げて渡しているだけに、その後に渡す子はみんな霞んでしまう。

もし後輩の女の子が、

『本命チョコです！　受け取ってください！』

と若さに任せて渡してきても、すでに志田さんの二番煎じになっている。

志田さんの行動はスーちゃんにチョコを渡すためのハードルを上げ、有象無象を蹴散らしたと言っていいだろう。あいかわらず恐ろしい女だ。

桃坂さんは桃坂さんで、やれる範囲で目一杯のことをやってきている。

（渡すものを最大化することで、告白せずに自分の好意の大きさを表現してくるとは……）

桃坂さんはどうやらまだ告白しないと決めているようだ。

本気で告白する気なら、みんなにチョコレートケーキをふるまうなんて真似はしないだろう。

そんなことをするくらいなら、ケーキを早朝か夕方にスーちゃんの家に持って行ったほうが合理的だ。

(でも、ケーキに労力もお金もかかっていることは、誰が見たって一目でわかる)

志田さんはその大胆さで、まだチョコを渡していない子たちに畏怖を与え、ハードルを上げた。

桃坂さんはその巨大な贈り物で、周囲を威嚇し、スーちゃん攻略に立ちはだかる大きな壁として君臨している。

多少凝った手作りチョコ程度では、どうしても桃坂さんのと比べると見劣りがしてしまう。私もそうだが、もっと豪華で大きなチョコにすればよかったと反省してしまったほどだ。

スーちゃんは桃坂さんからこれだけのものを贈られたことで、自然と彼女から寄せられている好意の大きさを理解するだろう。つまり告白をしないで、告白に近いことをされていると理解させたわけだ。

それに、私と志田さんをも出し抜こうとしていた。

チョコレートは私と志田さん、桃坂さんの三人で作った。だから当然、そこで作ったものを渡すだろう、と誰もが思っていた。

桃坂さんは、確かにそこで作ったハート形のチョコレートを渡している。でもそれは、ケーキのてっぺんにあしらっただけだ。

(みんなで作ったときのものを渡しているけど、それはあくまで全体の一部だったなんて……やってくれる)

桃坂さんは志田さんに負けず、『巨大なケーキとすることで労力を誇示し、中途半端な気持ちしかない子たちにマウントを取り』、『スーちゃんには想いの強さを示し』、『私と志田さんが想定していたチョコレートを超えてきた』……これだけのことを一気に成し遂げた。

――いや、もう一つあるか。

ケーキをみんなにふるまっているのは、味方を増やそうという戦略だ。志田さんが公開告白でみんなを味方につけたのと同様、ケーキを配ることで好意を買おうとしているに違いない。

「……白草さん？」

芽衣子が心配そうに声をかけてくる。

「志田さんも桃坂さんも……本当に強いわ……」

「白草さんは、チョコ渡さないんですか？」

「……タイミングを見計らって、と思っていたわ。でも、少なくとも朝はもう無理ね」

ケーキをもらう人で行列ができている。

このムードの中でチョコを渡しに行くのはさすがに悪手だろう。

「元々放課後のほうが狙い目だと思っていたけど……スーちゃんと二人きりになれるかしら」

「……では、手紙を書いてはどうでしょう？」

芽衣子のその一言に、私は紙の優しい感触を思い出し、ハッと顔を上げた。

「白草さんは小説家です。メールよりも心のこもった手紙を書いて、丸さんを呼び出すのはどうでしょう？　もしよかったら、その手紙はわたしが隙を見て丸さんに渡しますよ」

「それは――」

小説を書いて告白に使おうとしたとき、シオンに重いと言われた。

でも私はそういうやり方が好みらしい。

手紙を書いて、スーちゃんを呼び出し、チョコレートを渡す。

そのイメージは私の脳内で素晴らしいアイデアだと感じた。

「……いい考えね。そうしようかしら。授業中に文面を考えれば、昼休みに間に合いそうだし」

「本当ですか？　白草さんの力になれてよかったです！」

芽衣子のぽっちゃりとした顔が笑顔になると、幸せが運ばれてくるような気持ちになる。

とても可愛らしい。芽衣子は相手のことを心から考えてくれる優しい子なのだ。

（でも、そういえば……）

ふと芽衣子から浮いた話を聞いたことがないことに気がついた。

「芽衣子はチョコレート渡さないの？」

「わ、わたしですか……？」

「気になる男の子、いないのかしら」

芽衣子は顔を曇らせた。視線を落とし、言いよどむ。

「い、いないです……」

そんな挙動不審な態度が、嘘を言っている印象を強くした。

「本当に？」

「え、ええ……」

「もし気になる男の子がいるなら、私、応援するわ。だって芽衣子はいろいろ私の力になってくれてる。お返しがしたいの」

「……大丈夫です」

芽衣子が微笑んだ。しかし先ほどの幸せを運んでくるような笑顔じゃない。

無理やり笑ったふりをしている——それがすぐにわかる笑顔だった。

「本当に？」

「…………」

私に笑ったふりを見破られていることがわかったのだろう。

バツが悪かったのか、話題を変えたかったのか——一転、深刻な口ぶりでつぶやいた。

「……実はわたし、昔は毎年同じ男の子にチョコレートを渡していたんです」

「その男の子に、今年は渡さないの？」

「もう何年も前……わたし、ひどいことを言ってしまったんです」

想像もしていなかった言葉に、私は目を見開いた。

「ひどいこと？　芽衣子が？　信じられないわ」

芽衣子が人を悪く言ったりするところを見たことがない。いつも微笑み、でしゃばることもない。他人にどう喜んでもらうかばかり考えている。

そんな子がひどいことを言ったなんて……。

「わたしはそれ以来、誰にもチョコを渡していません。──ただ、それだけの話です」

芽衣子は目尻を袖でぬぐい、こぼれそうになっていた涙をすくい取った。

「余計な話をしてしまいました。白草さんはわたしとまったく違いますので、ぜひその想いを遂げてください」

すみません、席を外します──と言って、芽衣子は廊下へ向かった。

目にはぬぐったはずの涙がまた浮かんでいる。

あまりにも普段の芽衣子と違っていたため、私はただその背中を見送ることしかできなかった。

＊

――今日、スーちゃんに告白する。

その決断は今も揺らいでいない。

私は告白のチャンスを『放課後の校内』と『スーちゃんの家の前』の二つに絞っていた。

告白のシチュエーションとして、二人きりになることは大前提だ。

人前で告白したって、もはや志田(しだ)さんの二番煎じ。無理にやる意味はない。ならばちゃんと自分の身の丈に合った行動を取るべきだ。

結局、芽衣子(めいこ)が提案してくれた『手紙でスーちゃんを呼び出す』という案は実行しないことにした。メールでできることを手紙でやるのは変に重くなるだけだと、授業中に思ったからだ。

もちろん芽衣子(めいこ)の様子がいつもと違ったので、負担をかけたくない、という思いもあった。

（とにかく、スーちゃんが一人になるタイミングを掴(つか)まえるのが大事だ……）

一人でいたら声をかける、と決めていた。

メールで呼び出すのも諦めた。

何度も携帯にメッセージを打って送ろうとしたのだが――

何度メッセージを書いても、送信ボタンが押せない。

消して、また書いて、消して、また書いて。

芽衣子(めいこ)の手紙案を採用しないと決めてから半日以上、この繰り返しだ。

だから今、私は自分を追い込んでいる。

――スーちゃんが一人になったら、必ず駆け寄る。

――『ちょっと来て』と誘う。

――カバンに忍ばせたチョコレートを渡し、『好きです』と言う。

これが私の決めた流れ。

スーちゃんが一人になるタイミングを摑まえることをきっかけとして、ドミノ倒しのように告白へのステップが進んでいく。つまり『スーちゃんが一人になるタイミングを摑まえること』は、告白スイッチと言える。

遠回りかもしれないが、それが私の最適解だと思った。そこまで遠回りしないと、私は決断することができそうになかった。

決めたのは五時間目の授業中だった。

そのときからすでに心臓がバクバクと鳴っていた。放課後までこんな状態が続いたら死んじゃうんじゃないだろうかと思うほどだ。

昨日も、おとといも、その前も、その前の前も、ずっと私はバレンタインデーに告白すると自分に言い聞かせた。そして納得しているはずだった。

なのにそのリミットの時間が迫ってくるほどに、私の弱気が顔を出す。

(私は、本当にポンコツだ)

からかわれても仕方がない。自分でも本当に情けなく思う。

志田さんや桃坂さんがあれほど鮮やかにチョコを渡しているのに、私はこのざま。

(それでも――スーちゃんへの気持ちだけは譲れない)

脳内をスーちゃんとの思い出が駆け巡る。

長い間、憧れ、そして憎んだ。

しかしそれは好きだから。

好きすぎて憧れで収まらなくて、憎しみに走り、それが努力するバネとなった。

わだかまりがなくなってからは、ただただ惹かれた。

長年に亘る想いの決着が、今日、つこうとしている。


――人生の、分岐点だ。


高校に合格したとき、芥見賞を受賞したとき、それぞれ分岐点があった。

でもこれは、過去――いや、未来を通じても、一番大事な人生の分岐点かもしれない。

そう考えると、授業なんてまるで耳に入ってこず、私は懸命に震えをこらえるので精いっぱいだった。

＊

放課後になった。

哲彦にもらった紙袋には、二十個ほどのチョコレートが入っている。例年志田家のメンツだけからしかもらえなかった俺としては大漁と言っていい。

でも――

俺は白草の背中を見た。白草は日直であるため、黒板を消している。

(群青同盟のメンバーでもらってないのは、シロだけなんだよな……)

俺はもやもやしていた。

白草からもらって当たり前、とは思っていない。でももらえるだけの関係は、ここ半年で築いてきたはずだと自惚れていた。

『はい、義理チョコっスよ～』

玲菜からもちゃんとチョコをもらった。十円チョコだ。日頃の感謝を表すためにもう少し金をかけろよと言ったら、じゃあ心情的にはマイナスなので返してもらっていいっスかと言われた。その瞬間にもらったチョコを口に放り込んだのは言うまでもない。

『まあ、友チョコというやつだ』

橙花からももらった。友チョコと言う割には高価なブランドのものだった。こんな立派なのいいのか？　と聞いたら、友チョコだぞ！　友チョコだからな！　わかってるか！　友チョコなんだぞ！　と今まで聞いた友チョコって単語の累計回数を超える勢いで連呼された。

『あ、はるちん、ちょうどいいところにいた。これあげる』

生徒会長のマリンからはサランラップに包んだ飴玉サイズのチョコを放り投げられた。ギャルっぽいのに手作りなところが、尋常ならざる社交性を感じさせられる部分だ。

その他、元ファンクラブだった女の子や、見知らぬ子からももらった。

もらえるかも、と思った子からはみんなもらっている。

ただ白草にチョコのおねだりをするのは、さすがにできなかった。

『スーちゃん、よかったわね。そんなにもチョコをもらって。そんなにもらえれば、私からなんていらないでしょう？』

とでも言われそうで怖い。

俺は確認したかったのかもしれない。白草が、俺のことをどう思っているか。

（……って、それは卑怯だな）

苦笑いをし、カバンを肩にかけて教室を出た。

（哲彦のやつ、今日の部活はなしって言ってたし、まっすぐ家に帰るか）

チョコレートの入った袋を持って歩き回るのはいやらしいし、もらった子の名前をチェックして、お返しのリスト作りも今日中にやっておきたいところだ。

なお、黒羽から志田家の夜ご飯に誘われていた。例年バレンタインデーは夜ご飯にお呼ばれして、碧たちからチョコレートをもらうのだ。

真理愛は姿を見せない。朝にたっぷりと騒動を起こしたせいで、昼休みに職員室に呼ばれていた。そのせいなのかもしれない。

廊下はいつもより男女で話している率が高いように見えた。バレンタインデー効果なのかもしれない。

昇降口を抜けて、校門へ。

すると校門前には多くの女の子たちが〝何か〟を待ち構えていた。

これは——朝と同じだ。他校の女子高生や大学生、女子中学生……きっとうちの学校の男にチョコを渡そうとわざわざやってきたのだろう。

（その多くは哲彦や阿部先輩狙いだと思うが……）

俺、という可能性もないわけじゃないだろう。

正直なところ、黒羽から告白されている以上、恋愛絡みで変な騒ぎを起こしたくなかった。

黒羽に嫌な思いをさせてしまうかもしれないから。

「……よしっ、避けるか」

俺は足の向きを反転させた。

正門の近くにはバス停もあるし、昇降口からも近い。普通は裏門は使わない。

そのおかげか、裏門には人が全然いなかった。

ふう、と安堵のため息をついて裏門を抜けようとしたところで、

「スーちゃん」

なぜか白草が背中から声をかけてきた。

「シロ」

俺が振り返ると、白草は胸に手を当て、苦しそうな表情をしていた。

その必死な表情には、かつて高みからクールに俺を見ていた面影などない。

でもこの半年で知った。不器用にあがく姿こそが、彼女の本質なのだと。

「——話が、あるの」

ドクンッ、と心臓が飛び出してしまったのではないかと思うほど強く鼓動した。

（まさか……）

様々な期待と、妄想と、そしてちょっぴりの恐怖が胸を襲う。

でも今考えても意味がないから、俺は口を開いた。

「あ、ああ。いいよ。場所はどこがいいかな？」

「二人きりで話せるところがいいわ」

『バレンタインデー』『人のいないところでの声かけ』『二人きりで話』という意味深なワード。どれもがある結論へのフラグとなっている。

白草の瞳には、一種の決意が見えた。

特徴と言える長い黒髪が凍てつくような風になびいている。

うっすらとオレンジ色になってきた空の下、白草が髪を押さえ、潤んだ瞳でまっすぐ見つめてくる姿は、見惚れてしまうほど美しかった。

「じゃあ——」

俺が口を開きかけた瞬間のことだった。

「あ、末晴くんいた～！」

元気な声が響き渡った。女の子が金網越しに俺たちを見つけ、声を上げたのだ。

「あ、群青同盟の可知さんもいる～！　ラッキー！　一緒にサインもらっちゃお～！」

女の子の制服は見たことがないものだ。セリフから考えるに、バレンタインデーをきっかけにして群青同盟のメンバーに接近しようとしてきたファンか。

この子から裏門まではやや距離がある。俺たちのほうが近い。

周囲はざわめき、遠くから声が上がって、しかも近づいてくる。

なら——

「シロ！」

俺は白草の手を摑み取った。

「っ⁉」

突然のことに白草が目を丸くする。

でも今は説明している暇はない。

強行突破。今のタイミングなら誰にも捕まらず抜けられるはずだ。

だから俺は白草の手を引き、結論だけ告げた。

「シロ、行けるな？」

白草は目を見開いた。

そして息を吞み、涙を浮かべ、笑った。

まるで幼いころに戻ったかのように、目が輝いていた。

「……うん‼」

力強い頷きに、俺もまた頷き返した。

「走るぞ！」

地を蹴り、一気に加速した。

一瞬、もう少し速度を落とすべきかと悩んだが、相手は白草だ。運動神経の良さは十分に知っているし、先ほど交わした瞳が――どこまでも付いていくと語っていた。

俺たちは手を繫いだまま一気に加速し、裏門を抜けた。

「あ〜っ！　ちょ、行かないで！」

「うそうそ⁉　なんで手を繋いでるの⁉」

「まさかできてるわけ⁉」

「みんな！　末晴くんと可知さんが逃げちゃってる！」

「えええっ！　嘘！　せっかく来たのに！　止めて！」

「誰か先回りして！　自転車で来た子いない⁉」

「ちょっと待ってよ！　いきなり言われても無理だって！」

よしっ、うまく隙を突けたようだ。

寒風が頬を刺す。コートはヒラヒラとまとわりつき、カバンは重くて投げ捨ててしまいたい衝動に駆られる。

でも、白草の手を離したいとは思わなかった。

ぎゅっと握った手は温かくて、守るべき存在なのだと強く意識させる。

白草の手が強く強く、握り返してきた。なんだかもっともっと行こうと語りかけてきているようだ。

俺たちは裏道を抜け、細道に入り、人目につかないよう走り回り——その結果、川の堤防にまでたどり着いた。

「はぁっ……さすがに疲れた……。シロ、ちょっと休もうぜ」

「ええ……」

俺たちはお尻が汚れてしまうので座ることはせず、立ち尽くしたまま川を眺めた。

さすがに二月の河川敷には人がほとんどいない。夏にはうっとうしいほどの緑で埋め尽くされていたのに、今は枯れ草ばかりで寂しい感じになっている。

（……と、待てよ）

なんだか見覚えがあると思った。

ここって――『黒羽に復讐しようと言われた場所』じゃないか。

考えてみれば、あのときは白草に彼氏がいると嘘をつかれ、それを真に受けた俺は失恋したと思い込んで、ここにたどり着いた。

学校から全力で走ってきて、この辺りで疲れて立ち止まったと考えると、あのときも今も同じだ。そういう意味では偶然と言うより必然なのかもしれなかった。

（――しかし）

不思議な気持ちだ。

おおよそ半年前、失恋をしたと思って打ちひしがれていた場所に、その想い人と今一緒にいる。

激動の日々だった。あまりに楽しくてがむしゃらに走り続けていた。

そうして気がついたら、横に白草がいた。

長いまつげ、ツンと気位の高さを示す形のいい鼻、透けるような白い肌に、風になびく艶やかな黒髪。

――ああ、この横顔だ。

何度も妄想し、憧れた女の子が今、手の届くところにいる。

「ん？　どうしたの、スーちゃん」

俺の眼差しに気づいたのか、白草が強風でなびく髪を押さえつつ振り向く。

「あ、いや、何でもない」

「……そ、そう」

俺が何となく恥ずかしくなって視線を逸らすと、白草もほんのり顔を赤らめて地面を見つめた。

「あ、あのね、スーちゃん」

「うん」

「渡したいもの、あるの」

白草はカバンから四角い箱を取り出した。

「はい、バレンタインチョコレート」

何だか俺は、現実の出来事ではないように感じていた。

いくら親しくなっても、かつての幼友達のシローとわかっても、白草はクールビューティーで小説家で天上人――そんな気持ちが俺の中に残っている。

「あ、ありがとう……」

だから白草がまぶしすぎて、顔を見ることができず、頭を掻きつつ、意味もなく枯れ草を見つめた。

「もしかしたらもらえるかもなぁって思ってたんだけど、いざもらえると凄く嬉しいな……」

「何言ってるの、スーちゃん。私があげないわけないでしょ？」

「ああ、そうだよな。群青同盟一緒にやってきた仲だしな……」

「――そうじゃなくて！」

突然両頬にひやりとした感触が広がった。

白草の両手が俺の両頬を挟んだのだ。そしてそのまま力を込め、俺の顔を自分のほうに向けさせた。

あまりにまぶしくて目を逸らしていた白草の顔が、俺の網膜に映る。

白草は――涙を流していた。

「わっ、私が……どれほどスーちゃんのことを想っているか、スーちゃんだってわかってるはずよ……っ！」

声が震えている。俺の頬に添えられた両手も、だ。

目に思い詰めたような色を湛え、明らかに平静を欠いていた。

「シロ、落ち着いて……。そ、そうだ、震えてるし、寒いんだろ。俺のコートを羽織ったほうが――」

「違う！」

白草は俺の両頬を挟む手にさらに力を込め、俺の顔を正面で固定した。

「あ、いや、ううん、違うの……！　スーちゃんが私のことを思ってコートを貸してくれようとしたことは、十分にわかってるわ！　で、でもでも、そう、違うの……！」

「シロ、焦らないでいいから」

俺は落ち着いてなだめているように見せかけているが、実際のところ俺も動揺が激しかった。

なにかに緊張でもしているのか、とにかく白草が訳がわからないことになっている。

それが意味するところとは、あるいは――と考えると、俺も平静ではいられない。

「ああっ、どうして私は……こんな無様な……」

「シロは無様じゃないって。俺だってほら、シロのあたふたが伝わってきて――」

俺は手を掲げて見せた。俺もまた手が震えている。

「シロの前でカッコ悪いところなんか見せられないって、普通の自分を演じてるだけさ」

俺は自分の持ちうる技能をすべて使って取り繕ってるだけだ。

だって――

『――ありがとう。あなたにそう言われて本当に嬉しい。今まで頑張ってきて……本当に良かったわ』

なぜかさっきから、白草との思い出が頭をよぎってしょうがない。

初恋の始まりはちょうど一年ほど前の――そう、今と同じ、肌が凍り付きそうなほど寒い時期のことだった。

自分の気持ちが恋だなんて最初は否定していた。しかし白草の姿を自然と目で追ってしまっている自分に気がつき、いつしか毒は全身に回っていた。

そうだ、毒だ。ただ遠くから見ているだけで報われない想いなんて、毒でしかない。

でも――

『シローのシロは、白草のシロ。ずっと会いたかったんだよ、スーちゃん。……でも実は、もう会っていたの』

実は遠いどころか、昔会っていて。それどころか白草はかつて俺のファンで。

最初は当時とのギャップについていけず戸惑ってしまったけれど、でも根っこは変わってなくて。

『……スーちゃんは私ができないことを、いともたやすくやってみせるわ』

強く見せかけているだけで、弱い心を隠し持っている。

あれほど綺麗で、頭が良くて、文才があって、家がお金持ちでも、心の強さとはまるで関係ない。

だから俺なんかでも力になれることはあって。

そのアンバランスさが可愛らしくて、保護欲をそそってきて。

努力家で、尊敬できるところもあって、これほど魅力的な子の傍にいられることに感動さえ覚えてしまう。こんな子のナイトになれるのなら、俺は一生を捧げても後悔がないのではないかと思うほどだ。

「やっぱりスーちゃんは凄い……。そんなことができるなんて……」

白草は俺の両頬に手を添えたまま、うつむいてしまった。

「いやいや、シロはよく褒めてくれるけど、そんなたいしたことじゃないって。たぶん哲彦なら演技なんかしなくたって女の子をうまくエスコートできるだろうし」

「私はそういうの、女に慣れてるみたいで嫌だわ」

「わかるような、わからないような……」

「スーちゃんはそのままでいいって言ってるの」

「ああ、うん、ありがと」

何だろう、この状況は。

真冬の川の堤防で、女の子から両手で頬を挟まれているというのに、なんだかよくわからない会話をしている。

きっとこの恍惚が全身に回り、おかしくなってるんだ。

互いに伝えたいこと、伝えられないこと。いろんな想いが積もりすぎて、でも互いの体温に触れていることでそれが少し伝わる気がして。たわいない会話だけでも幸福で仕方がない。

「──私は！」

声が力強くなり、俺は背筋を正した。

「スーちゃんと出会えて、本当に幸せだわ……。この半年、凄く楽しかった……」

「……うん、俺も楽しかった」

もしかしたら白草も俺と同じように、思い出が頭をめぐっていたのだろうか。

聞かなくても、なぜかそうなのだろうと確信できた。

「それはね、スーちゃん……」

白草の目が見開かれる。

何かを訴えようとしているのか、じっと俺の心まで貫かんばかりに見据えている。

互いの息が頬にかかる。

いつの間にか、距離がこんなにも近い。

「私が……スーちゃんのことを……」

俺は魅入られていた。白草の美しさに。

純白の美しさ、と言えるだろうか。

心が純真なのだ。強がっても、心はひたすらに真っ直ぐで、不器用で、小細工ができず、今、俺を見つめる視線も必死さが感じられて、それがたまらなく美しい。

（やっぱり俺は、シロのこと……）

鼓動はとっくに限界を突破し、今はただ白草の瞳に吸い込まれている。

「ずっと――」

誰も寄り付かない凍てつく川の堤防で、俺たちは身体を温め合うがごとく寄り添っていた。

邪魔する人間は誰もいない。

あとは本音をぶつけ合うだけだ。

そして――白草の目尻から、涙が伝っていった。

「ずっと前から――――尊敬しているから」

…………ん？

……あれ？

あ、あ～～～～～～～～～～～～～っ！

はいはい、そういうことね……っ！

いや、でもさ……う～、いやはや、今回ばかりはさすがに……くぅぅぅ～。

……はぁ～。

俺ってやつは、いつものことながら、とんだ勘違いをしてしまっていたようだ……。

白草（しろくさ）の性格は不器用で一途（いちず）……。

それだけに俺に向ける尊敬の念はとても真（ま）っ直（す）ぐで、どうしても恋心と勘違いしやすいのだ……。

そ、それを俺は知っていながら……。

あまりにもシチュエーションがおあつらえ向きだったから――

「あ、あははっ、そ、そうだよなっ！」

俺は身を引き、頭を掻（か）いた。

「ご、ごめん、なんだか俺……いや～、あははっ！」

勘違いが恥ずかしくて、気まずくて、頭を掻くことしかできない。

「シロ、チョコレートありがとな！　じゃ、じゃあ、俺、夕飯志田家で食べることになってるから……じゃあ！」

俺はなんてお調子者なのだろうか。白草に見合うような人間ではないと知っていながらこれだ。

顔が熱い。こんなみっともないところ、見せていられない。

これはもうさっさと逃げるしかないと思って早足で歩き出した。

白草から言葉はない。

一度立ち止まって振り向いたが、白草はその場で立ち尽くしているだけだった。

白草が今、どんな気持ちでいるのか——

俺にはうかがい知れないことだった。

＊

「私は……」

私はスーちゃんが去ってしまった後も、その場で呆けていた。

「なんて……なんて……心が弱いんだろう……」

すべてが整っていた。
二人きりだった。夕焼けが美しい川の堤防。雰囲気もいい感じで。
しかもその前に奇跡さえ起こっていた。

『……うん!!』
『シロ、行けるな？』

私がスーちゃんに惹かれた原点である子供のときの思い出に似たことが起こった。
運命が祝福してくれているのだと思った。
勇気が湧いた――はずだった。
なぜ告白できなかったのか？
答えは簡単。

――私に意気地がなかったからだ。

誰も悪くない。悪いのは私だけ。
情けない……。

あまりに情けなくて、涙が止まらない――

「ああぁ……あぁああぁぁぁあぁぁぁ！」

私は弱い。情けない。意気地なし。

全部認めろ。誰よりも気の小さい自分を受け入れ、プライドを捨てろ。

もうこんな涙を流すものか。必ず復讐するんだ。かつての弱かった自分に。

思い出せ。私はそうやって強くなってきたじゃないか。

小さいころ、スーちゃんにフラれたと勘違いし、たくさん泣いた。

泣いて泣いて、そこから怒りで起き上がってきて、かつての自分を凌駕したじゃないか。

やり直せばいいんだ。何度でも。

スーちゃんへの想いは、こんなにも熱く胸にたぎっているのだから。

＊

日々は瞬く間に過ぎていき、今は三月、ホワイトデーを迎えていた。

（ちゃんとシロにお返しをしなきゃ……）

俺は白草以外からは、人目のあるところでチョコレートをもらっていた。だから用意した手作りのクッキーを学校で渡した。

だが白草は違う。人目につかないところでチョコレートを渡してきた。ということは、俺も人目のあるところで渡すのは失礼に当たるだろう。

そう思って俺はチョコレートをもらった堤防に白草を呼び出して、クッキーの袋を渡した。

「シロ、チョコレートありがとな。これ、不格好だけど、自分でクッキー焼いてみたんだ。お返しに受け取ってくれ」

「ありがと、スーちゃん」

白草は俺のクッキーをカバンに入れると、代わりに一冊の本を取り出した。

「あの、実はこの機会に渡そうと思って……。これ、私の新作なの」

「あれ!? その本、来週発売じゃなかったっけ?」

白草の久しぶりの新刊は、ネットで話題となっていた。

当然俺もチェックし、予約済みである。そのことを本人に内緒にしていたのは、ミーハーなファンだと思われたくなかったからだった。

「これは見本誌。発売のちょっと前に作者のところに届くの」

「へー、さっすが作者様！」

俺は意味もなく掲げ、日差しに透かしてみたりした。

当然ハードカバーなので、装丁の美しさが見えるだけだ。

「……読んだら、感想を聞かせてくれるかしら?」

「ああ、もちろん！」

こうして俺たちは別れ、帰宅後、俺は猛烈な勢いで白草の新作小説――『シロツメクサの恋』を読み始めた。

ストーリーは、一人の少女の恋物語だった。

かつて不幸の中にあった少女は、ある少年に助けられた。

それが恋の始まり。

少女は恩を返そうと、努力を始める。

しかし少女には重い病があった。

臆する病……その名を『臆病』と言う。

そう、この恋物語は、『臆病』と言う名の病を持つ少女が、病と向き合い、恋にすべてを捧げて戦う物語だった。

別に物語の中で戦争があるわけでもなく、誰かが死ぬわけでもない。

それでも主人公の少女の内面はまさに戦争だった。

竦み、抗い、歯を食いしばり、努力し、あがき、地団太を踏み、時には倒れて、それでもまた立ち上がって進んでいく。

それはまるで、壮大な冒険。もしかしたら白草は、心の中の戦いは、壮大な冒険小説にも匹敵することを伝えたかったのかもしれない。

白草の巧みな筆致は一人の少女の恋の葛藤をありありと表現し、読み手に共感あるいは感情移入させて応援したくなるものとなっている。

俺も主人公の少女のもどかしさに身悶えし、その秘めた決断に涙し、臆して打ちひしがれる姿に、芸能界に復帰する勇気が出ずに腐っていた自分を投影した。

気がつくと俺は一気に小説を読み終えていた。

時計を見ると、夜中の三時だった。

だからさすがに感想を伝えることができず、翌日話そうと心に決めて眠った。

しかし、白草は学校を休んだ。

心配になってメッセージを送ると、一言、

『小説読んだ？』

と返ってきた。

俺がその感想を伝えたかったんだと送ると、今日学校が終わったら堤防で会いたいと返信があった。

休んだのだから体調は大丈夫かと確認したら、白草は大丈夫だという。

ということで、俺は学校が終わってすぐ、約束の場所に向かった。

そこに制服姿の白草が待っていた。

「シロ、体調は本当に大丈夫なのか⁉」

「……その反応だと、見てないのね」

「見てない？　何を？」

「……昨日の見本誌、持ってきてる？」

「ああ。よかったよ、元々感想言おうと思って、カバンに入れてあったから。けど、どうしてわざわざ？」

ここで会うことになった際、白草は見本誌を持ってきて欲しいとメッセージを送ってきたのだ。その理由が俺にはまったく見当がつかなかった。

俺が持ってきてなかったときのためか、白草の手には見本誌がある。

俺はカバンから本を取り出し、ちゃんと持ってることをアピールすべく白草に掲げて見せた。

「最後のページ」

「え？」

「その後の空白ページ」

「？」

一瞬何のことかわからなかったが、とりあえず最後のページを開き、そこから一ページめくってみた。

すると空白のページがあり、そこに手書きで——

『記念にサインを書きました。ネタバレもあるので、読み終えた後に確認してください』

とあり、『─────→』という感じでカバー裏まで矢印が引いてあった。

「あっ、サイン、書いてくれてたんだ！　ごめん、気づいてなかった！　もらいたいなって思ってたんだ！　嬉しいぜ！　……でも、ネタバレってなんだ？」

「見ればわかるわ。見て」

「わかった」

ここまで配慮してくれるなんて、何かお礼をしなきゃな。

そう思いつつ、俺は矢印に促されるようにカバーを外した。

本の装丁は白く硬く、広い空白の部分がある。

空白の中央にサインがあり、その横に小さな文字でこんなネタバレが書かれていた。

記念にサインを書きました。
ネタバレもあるので、
読み終えた後に確認してください。

←

可知白草

※ネタバレ
この小説は、私がスーちゃんに
恋する気持ちを書いた物語です。

エピローグ

＊

霜の降りた枯れ枝に、少しずつ芽が増えていく。

肌を刺すような寒気は日ごとに緩み、穏やかな春が訪れようとしていた。

「ジョージ先輩、卒業おめでとうございます！」

三月三日、私立穂積野高校卒業式の日——

体育館から出てきたジョージ先輩に、俺は花束を渡した。

「これ、群青同盟一同からのお祝いです」

「おおっ、マルくん、ありがとね」

「いろいろお世話になりました」

現在、アニメ研究部は群青同盟の技術部隊みたいな側面を持つようになっている。さすがに哲彦一人では動画編集をこなすことができず、アニメ研究部に収益を分けることで手伝ってもらっているのだ。

群青同盟とアニメ研究部の間を取り持ち、何かと骨を折ってくれたのがジョージ先輩だった。

「いやいや、グンジョウドウメイにかかわらせてもらって、セッシャもタノしかったよ！　ありがとう！」

「アニメやマンガもおススメありがとうございます。どれも面白かったです」

「でしょ？　これからダイガクセイだから、さらにケンキュウをススめるつもりさ」

「明知大学でしたよね？」

「ああ、そんなにトオくないから、またアおう！　おススメもフやしておくよ！」

「はい！」

最初は話し方が変だから完全にドン引きしていたんだが、そこ以外はやっぱりこの人まともだ。

「ちなみにソツギョウしても、〝お兄ちゃんズギルド〟のギルドチョウはセッシャ！　オウッ！　グンジョウドウメイのジキブチョウがマリアちゃん……つまりサイキョウ！　イモウトサイキョウね！　ヒきツヅきササえてイくよ！」

「ア、ハイ、ドウモアリガトウゴザイマス……」

心の中のお祝いムードが急減少した俺は、死んだ目でつぶやいた。

＊

哲彦は卒業式の喧騒を避け、校舎の屋上でノートパソコンと向き合っていた。

そもそも卒業式の日に登校するつもりなどなかった。

しかし来年度の前期も生徒会長をやることになったマリンから、

『卒業記念に群青同盟のメンバーと写真撮りたいって卒業生、めっちゃいるんだよねー。来年もうちが生徒会長として群青同盟に協力してあげるから、依頼受けてくれない？』

と言われたためだ。

哲彦は自分が写真に写らなくていいなら、という条件を付け、受諾した。あまり写真に写るのは好きじゃなかった。

（卒業式の日に群青同盟の会議を入れておくのはやめときゃよかったな……）

それがなければ自分は登校せずに済んだ。他のメンバーが登校するからついでに、と思ってスケジューリングしたのが間違いだった。

だって——

「あ、やっぱり君はここにいたか」

卒業式ということは、阿部も出席するのだから。

「はぁ～～っ」

ある意味予想通りの展開に、哲彦はクソデカため息をついて頭を掻いた。

「一応、先輩に会いたくなくて部室ではなく、屋上に来たんですけど」

「うん、たぶんそうだろうと思って屋上に来てみたんだ」

「はぁ～～っ」

もう一つ追加でため息をつく。

顔を上げて阿部を見ると、制服のボタンだけでなく、中のシャツのボタンやコートのボタンまですべてない状態となっていた。

「それだけモテてるんなら、こんなところに来る暇はないんじゃないっすか？」

「彼女たちとはいつでも連絡が取れるけど、君は連絡しても無視するからさ。これからは君と会う機会は減りそうだし、君が最優先だよ」

「いやホント、優先しなくていいんで」

「一つ情報をリークしようと思うんだけど、それでも？」

哲彦は口を閉ざし、そのまま三秒間コンクリートの床を見つめた。

「……何ですか？」

そう告げると、阿部は上品に微笑み、哲彦の横に腰を下ろした。

「ホワイトデー……三月十四日、白草ちゃんが動く可能性が高い」

「へー……」

哲彦は興味なさそうにつぶやき、ノートパソコンに視線を戻した。

「あれ、期待外れの情報だったかな？」

「いやだって、可知は家出事件のときも、バレンタインデーのときも告白できなかったんすよ？　まー、オレとしてはがっかりな意味で計算違いだったわけなんで。で、今度はホワイトデー？　またダメじゃないっすか？」

「君からはそう見えても、白草ちゃんは地道に学び、前に進むタイプだ。僕はホワイトデーこそ告白できると見ているんだが」

「……ま、本当にそうなら無視できないですし、可知との付き合いは先輩のほうが長いんで、有益な情報としていただいておきますよ」

哲彦はノートパソコンに映し出されている企画書の誤字に気がつき、修正した。

横から阿部が画面を覗き込み、つぶやく。

「あの企画書を修正してるんだ」

「人のパソコン画面を覗くのは、礼儀としてどうかと思いますが」

「本当に隠す必要があるものなら、君はとっくに電源を切っているだろ？　僕がすでに白草ちゃんづてで企画書を読んでいると思ったから、そのまま作業を続けていた。違うかな？」

「……ま、そうっすけど、それが？」

「あの企画書を見て、ようやく僕にも君がやろうとしていることが見えてきたよ」

「……へぇ」

哲彦はキーボードから手を離し、ノートパソコンを折りたたんだ。

「じゃあ、あんたが見えてきたっていうオレのやろうとしていること——聞かせてもらいましょうか」

阿部は意味ありげに笑う。

「まあ端的に言うと、一種の革命かな？」

「ほー」

「まあ革命後の目標はまだまだわからないけどね」

「……なるほど」

「当たりかな？」

「別にオレ、聞かせてくれとは言ったけど、当たりかどうかを言うとは言ってないんで」

「それは卑怯だな」

「オレの表情で当たりかどうか探ってる先輩に言われたくないんすけど」

「……じゃあ、答えは返ってこない前提で、もう一つ予想を言わせてもらおうかな」

「その前提なら、お好きにどうぞ」

阿部は哲彦の顔をじっと見つめた。

「実はこの前、君とまったく関係ないと思われていた話題の中で、ガリッと引っかかったものがあってね。ちょっと調べてみた」

「阿部先輩、本質が変態っすよね？　就職は芸能界より探偵事務所のほうが向いてるんじゃないっすか？」

阿部は哲彦の皮肉に乗ってこずに先を続けた。

「そうしたら君との繋がりが見つかってね。確信は持てないまでも、ようやく推測ができてきた。君が目標を達成して得ようとしているもの、の推測だ」

「……で？」

その一語には冷気が込められている。

阿部は慎重に語った。

「君が隠している計画や行動原理には二つのキーワードがあると思う」

「……それは？」

「一つは――『復讐』。これに関して君は自分から語らないし、群青同盟のメンバーにさえ伏せているけど、徹底的には隠していない。バレても放置している感じだ。だから気づき始めているメンバーもいる。まあ、丸くんだけはまったく気づいてないっぽいけど」

「……じゃあ、もう一つは？」

「僕が最近たどり着いた、君のもう一つのキーワード。それは――」

阿部（あべ）はゆっくりと口を開いた。

「――『幼なじみ』だ」

＊

さらに月日は過ぎ――

穂積野（ほづみの）高校の通学路には、桜の花が満開となって咲き誇っていた。

初々（ういうい）しい一年生が穂積野（ほづみの）高校へ向かって歩いている。

その流れの中に、周囲から視線を集める美少女二人がいた。

「クロ姉ぇ！　歩くの遅いって！　背が縮んだんじゃないのか？」

「ミドリ……あのねぇ……初登校だからって、テンション上がりすぎだから！　それとあたしは縮んでない！　あんたが伸びただけ！」

「そっかぁ～、そういやクロ姉ぇと登校なんて約二年ぶりだもんなぁ～」

「ホントよく受かったよね……。お母さん、受からなかったときの準備のほうを念入りにしてたんだよ？」

「はっはっは～！　アタシ、昔から本番に強いほうだから！」

「言っとくけど、入ってからのほうが大変だからね？　進学校だから授業の進みは早いし、宿題結構あるから、油断してると一気に置いてかれるよ？　それはハルを見てわかってるでしょ？」

「うっ……。ま、まあそれは頑張るって！」

「本当かなぁ～」

そこから遥か後方。一人の男子が桜の木の下で立ち止まり、鏡を見て念入りにリーゼントの髪を整えていた。

「やっぱ初日はビシッとしないとな……憧れの群青同盟の先輩たちもいるわけだし……」

髪が綺麗なリーゼントの形になると、男子生徒は鏡をカバンに仕舞った。

「丸先輩……不肖間島陸、宣言通り合格してきましたぁ……っ！　やってやるぜぇぇ、おれはよぉぉ……！」

おおぉぉぉ、と気合いを入れる陸を、冷ややかな目で眺めつつ、生徒たちがぞろぞろと横を通り過ぎていった。

新たな季節、新たな学年――

そして、新たな青春が始まる。

あとがき

どうも二丸（にまる）です。

おさまけは基本四か月に一冊刊行していましたが（六、七、八巻は二か月でしたが）、今回は八か月空いてしまいました。楽しみにしてくれていた方々、お待たせして申し訳ありませんでした。と同時に、それだけの期間が空いてもおさまけについてきてくれたことに感謝します。

正直なところ、大変でした。初スランプになりました。

スランプというと『アイデアが浮かばない～』って感じにご想像されるでしょうが、違うんです。アイデアは出そろっているのに書けないんですよ。

おさまけは随分先まで大筋を決めていて、二巻を書いているときには四巻までの大まかなストーリーが決まっていましたし、四巻のときには八巻までのストーリーを決めていました。

兼業時代が長く、アイデアはあり余っているのに時間と体力がない、という生活を続けすぎた結果、幸運にもスランプなどなく来た自分にとって、書けないのは衝撃でした。もう書けないかもと考えたこともありましたが、死に物狂いで立ち直り、おさまけ九巻が書けたときは心底ホッとしました。現在はバリバリ書いていますので、引き続きよろしくお願いします。

ただスランプ時からおさまけ以外の作品は何とか大丈夫でしたので、様々なことをやっていました。公表済みのものとしては、YouTubeチャンネルの『漫画エンジェルネコオカ』で『【漫画】貧乏そうな男子を助けたら、実は100億円の遺産を相続した大富豪だった。』と『【漫画】身長にトラウマ持ちのチビ。親がアメリカ人と再婚し、175cmの美人な妹と同居することに。』の二作を執筆しています。10分程度でスカッと楽しめる短編ですのでよければどうぞ。

あ、あとまだこれを書いている時点ではラフさえできていませんが、九巻の表紙について。毎巻表紙やこだわりのある部分の挿し絵などは、二丸のほうからかなり細かくイメージを伝えてお願いをしているのですが、今回は特にそうでして、場面は四章のラストです。これ、文章としては表情などをあえて書いていません。書いてしまうと勢いが削がれてしまうためです。でも見たい。そこに最高の表情があるはずだから。……ということに気がつき、あえて表紙で映えるよう、場面や状況を書き直すなど、修正でいろいろ調整しました。なのでしぐれうい先生の表紙が楽しみだなぁ、と今思っているところです。

最後に、応援してくださっている皆様、編集の黒川様、小野寺様、イラストのしぐれうい様、本当にありがとうございます！　また本編コミカライズの井冬先生、四姉妹の日常の葵季先生、ありがとうございます！　そして顔を合わせることはなくとも、おさまけに協力いただいているすべての皆様に感謝を。

二〇二一年　十二月　二丸修一

次回予告

OSANANAJIMI GA ZETTAI NI MAKENAI LOVE COMEDY

白草の告白——
そこから始まる新たな関係と新たな季節。

学年が上がり、
新入生の到来とともに群青同盟には
解決しなければならない問題があった。

「どうすんだよ、
こんなにも入部希望が来て……」

有名になってしまったことで、
あふれかえる群青同盟参加希望者たち。
新戦力は群青同盟としても欲しい。
しかし真理愛を筆頭に有名人も所属しているだけに、
うかつな人間は入れられない。

次の部長としてすでに指名されている真理愛は、
どんな策を考えるのか!?

「あれれ〜、
面白そうなことやってますね〜」

NEXT
SHUICHI NIMARU PRESENTS
VOLUME

そこへ現れる、超ド級の核弾頭——トップアイドル、虹内・キルスティ・雛姫。
彼女は遊びに来たと言うが、その真意とは……。

パニックに陥る学園で、騒動は拡大していく。

「くっそー、負けるもんか！　アタシは絶対入ってやるからな！」
「丸先輩、見ててください！　間島陸、漢を見せるっす！」

群青同盟参加試験の中で、張り切る二人の一年生——碧と陸。
新たなメンバー参入で群青同盟はどう変わるのか!?

移り行く恋愛模様は新たなステージへ！

三年生編
開幕!

幼なじみが絶対に負けないラブコメ 10
VOLUME:TEN

近日発売予定！

本書に対するご意見、ご感想をお寄せください。

ファンレターあて先
〒 102-8177　東京都千代田区富士見 2-13-3
電撃文庫編集部
「二丸修一先生」係
「しぐれうい先生」係

本書は書き下ろしです。

電撃文庫

幼なじみが絶対に負けないラブコメ9

二丸修一

2022年２月10日　初版発行

発行者　青柳昌行
発行　株式会社KADOKAWA
〒102-8177　東京都千代田区富士見 2-13-3
0570-002-301（ナビダイヤル）
装丁者　荻窪裕司（META＋MANIERA）
印刷　株式会社暁印刷
製本　株式会社暁印刷

●お問い合わせ
https://www.kadokawa.co.jp/（「お問い合わせ」へお進みください）
※内容によっては、お答えできない場合があります。
※サポートは日本国内のみとさせていただきます。
※ Japanese text only

※定価はカバーに表示してあります。

ISBN978-4-04-913902-0　C0193　Printed in Japan

電撃文庫　https://dengekibunko.jp/

電撃文庫創刊に際して

文庫は、我が国にとどまらず、世界の書籍の流れのなかで〝小さな巨人〟としての地位を築いてきた。古今東西の名著を、廉価で手に入りやすい形で提供してきたからこそ、人は文庫を自分の師として、また青春の想い出として、語りついできたのである。

その源を、文化的にはドイツのレクラム文庫に求めるにせよ、規模の上でイギリスのペンギンブックスに求めるにせよ、いま文庫は知識人の層の多様化に従って、ますますその意義を大きくしていると言ってよい。

文庫出版の意味するものは、激動の現代のみならず将来にわたって、大きくなることはあっても、小さくなることはないだろう。

「電撃文庫」は、そのように多様化した対象に応え、歴史に耐えうる作品を収録するのはもちろん、新しい世紀を迎えるにあたって、既成の枠をこえる新鮮で強烈なアイ・オープナーたりたい。

その特異さ故に、この存在は、かつて文庫がはじめて出版世界に登場したときと、同じ戸惑いを読書人に与えるかもしれない。

しかし、〈Changing Times,Changing Publishing〉時代は変わって、出版も変わる。時を重ねるなかで、精神の糧として、心の一隅を占めるものとして、次なる文化の担い手の若者たちに確かな評価を得られると信じて、ここに「電撃文庫」を出版する。

1993年6月10日
角川歴彦